JN081850

水野梓

Mizuno Azusa

金融破綻列島

幻冬舎

金融破綻列島

装丁　フィールドワーク（田中和枝）
写真　Gettyimages

尖閣諸島へ続々と大輪の花が舞い降りてくる。数えきれないほどのそれは、よく見ると、緑色の花弁の下に黒い物体をぶら下げている。人だ。無数の人間が地上に舞い降り、島のわずかな平地を埋め尽くしていく。おびただしい数の落下傘から、迷彩柄の戦闘服に身を包んだ兵士たちが飛び出してくる――

「空挺部隊ですな。中国随一のエリート部隊で、もっとも優秀で血気盛んな若者が集まっている」

映像を見ながら、防衛省の審議官が興奮気味に言う。

刹那、鋭いアラート音が二回鳴り響き、ニュース映像の上に、速報スーパーが流れる。

「日本国債が約三十一・四%下落。過去最大の下げ幅」

何人かが息を呑んだ。

「金融破綻の始まりか……」

理財局審議官の下村が緊迫した声で言う。

「七〇年代末のロクイチ国債の暴落は三割に達したが、影響は限定的だったろう」

首相秘書官の筆頭格、政務担当の伊坂が言う。

「ええ、あの時はそうでした。国債の残高は小さかったですから、八〇年代の成長と税収の伸びでリカバーできたんです。でも今……」

とそこで下村が芝居がかった調子で右手を上げた。

「仮に国債が三割下落すれば、日本の金融機関や年金にはざっと二百兆円近い損失が発生します。銀行預金の解約が大量に起きれば、現金が底をついて国債を売る以外に資金が捻出できない……大量の国債を売却すれば、さらなる国債の暴落を呼び、預金は払い戻すことができなくなり、破綻……」

目立ちたがりの下村がここぞとばかりにうんちくを披露すると、伊坂が眉根を寄せた。

「見てください！」

防衛省審議官が切り替わった画面を指さす。

恐ろしいほどの爆撃。白煙を上げ、ミサイルが降り注いでいるのは……

「台湾か！」

伊坂が短く言う。

「中国はウクライナの教訓から、今後二週間は空爆を続けるでしょう。精密爆撃で、反抗しそうなところを徹底的につぶしにかかるはずです」

そこにまた速報……

「国債が四十二・三％下落！」

下落に歯止めがかからない。

下村が画面を横目で見ながら言う。

「中国が作ったダミー会社が、ＪＧＢ、つまり日本国債の空売りを仕掛けているんですよ。マーケットが動揺して投げ売り、空売りした会社は大もうけ。日本は戦費すら調達できなくなります。台湾、尖閣を侵略しながら、日本国債を暴落させる……」

「もういい、もういい！」

伊坂が我慢しきれないといった様子で机を叩いた。


モニターの画面が消えると同時に、部屋の電気が一斉についた。

「以上が、想定される最悪の有事です」

紺のコットンジャケットに「喧嘩上等」と筆文字で書かれたよれよれのＴシャツ。寝癖がついたままの髪を片手でぼりぼり掻きながら、もう片方の手でモニターのリモコンを操作している。首からＩＤを下げていなかったら、学生アルバイトか何かと勘違いするところだ。

「君は確か、金融危機対応室の……」

名前を思い出せない伊坂が語尾を濁らせると、

「北須賀（きたすか）です」

北須賀敏（さとし）が「喧嘩上等」を片手でチノパンに突っ込みながら答える。

「ああ、そうか。北須賀管理官だったな。で、君は?」

伊坂が北須賀の隣に目を向ける。

「あ……金融危機対応室課長補佐の香月彩です」

地銀での実務経験を買われ、金融庁に中途採用されて七年目。課長補佐になったのがついこの間だというのに、何の因果か、「国債Xデー」を念頭に発足した「金融危機対応室」に配属されてしまった。今までこの年次のノンキャリアが補佐になることなどあり得なかったのだが、霞が関の人気が落ち、人材の確保が課題となっている昨今、中途職員の積極登用が一種のはやりみたいになっている。おまけに対応室のナンバー2がこの「喧嘩上等」だ。どう考えても内閣官房の会議室に来る恰好じゃない。北須賀が作ったシミュレーションの動画を基に、来るべき金融危機への方策を練る、というのがこの会議の趣旨だが、重要性をわかっているのだろうか。

「で、このあとどうする?」

伊坂秘書官が周囲を睥睨するように見回す。下村審議官が「待ってました」とばかりに手を挙げ、指される前に口を開いた。

「金融庁長官としては、当然『投げ売り禁止』をメガバンクに通達すべきかと」

「え……」

思わず声を上げた彩に全員の目が集まった。

「いえあの、むやみにマーケットに介入していいんでしょうか。マーケットの自律性に任せるべきかと……」

引っ込みがつかなくなり、小さな声で意見を述べる。

「何をのんきなことを言ってるんだ！」

下村のトーンが一オクターブ上がった。

「戦費調達ができなくなれば、せっかく尖閣や台湾に対応すべく日本に駐留しているアメリカの第七艦隊も、補給すらできなくなるんだぞ！　おまえらも知ってるように、エネ庁には民間備蓄しかないんだ！」

「いや、でもG7が協調介入して日本国債を支えてくれるんじゃないかと……」

再び彩がおずおずと口を開く。

「香月補佐と言ったかな、何年目だ？」

下村が細めた目で彩を検分する。

「え……あの、七年目、になります……中途採用で……」

「『落ちてくるナイフをつかむな』って言葉知ってるよな」

「あ、はい……」

「落ちてくるナイフをつかむな」というのは投資家たちの間で言い古されている格言で、急落している時の投資は落ちてくるナイフをつかむようなものだから、底をついたのを確認してから買え、という意味だ。つまり下村が言いたいのは、暴落している日本国債を買い支えるようなお人よしはいない、ということだろう。だったら何のためのG7だ、と反発したくもなるが、これ以上下村の機嫌を悪化させるとあとが怖い。

「いずれにしても」と伊坂が下村を制するように、張りのある声を上げる。

「中国は複合的な攻撃を仕掛けてくるだろう、ということだな」

北須賀がチノパンに手を突っ込んだまま、うなずく。

「尖閣への落下傘部隊は単なる『ショー』です。南シナ海のように要塞化しないと侵略なんてできっこない。彼らの本当の狙いは尖閣じゃないんです」

「台湾だな？　つまり尖閣からは引いてやるから、台湾はうちによこせ、ということか」

伊坂が目をむく。

「もちろん尖閣をそうやって切りしろに使う、ってこともあるかもしれません。領土紛争の対象になっているんだってことを国際的にアピールできますし、台湾は確実にモノにできる。でも、本当の狙いはそこじゃありません」

北須賀のいささかも淀みのない口調に、彩は内心舌を巻いていた。各省庁から集められた幹部クラスの精鋭たちを前に、まったく臆することなく自説を披露している。さすが若くして管理官に登用されるだけのことはある。

伊坂があごを人差し指でこすりながら軽く目を閉じる。考え込む時の癖だ。

「つまり、日本経済を破壊することが本当の狙いか」

「はい。日本社会を内側から崩壊させる、それが真の狙いです」

§§

「ったく、こんなことやって何の意味があるんですかね。なんか『ごっこ遊び』みたいで嫌になっちゃいます」

彩はエレベーターのボタンを押しながらため息をついた。

「まあ、総理肝煎(きもい)りだからな。参院選に向けた主導権争いだろ」

タカ派の時任(ときとう)総理は総裁選の段階から防衛費の増額や経済安全保障を公約に掲げる積極財政派だ。一方、与党内最大派閥の領袖である元財務大臣、芦田は財政再建派。対立が表面化しないよう、今そこにある危機を演出し、世論を防衛強化に傾けようとする官邸の意図がある、ということだ。金融危機対応室の発足も同じ理由に違いない。

「結局、私たちも主導権争いの道具ってことですよね」

彩が憤慨して言うと、

「おまえ、怒るといっつも鼻の穴膨らむよな」

北須賀が小さく笑いながらエレベーターに乗り込んだ。

§§

「香月さん、ちょっといいですか？」

　大部屋に戻ると、山藤金融危機対応室長、つまり直属の上司が苦い顔で大きなデスクの向こうから手招きしていた。嫌な予感……

「あの、今の会議……下村審議官のご機嫌を損ねたそうですね」

「いや、損ねたというか……」

「あの人のあだ名、知ってるでしょう」

「あ、はい。『閣下』ですよね」

「自分の言うことは絶対、何人たりとも自分に意見することは許さない、ってのがあの人のモットーなんですよ。僕だって反論したことなんかない……」

　そもそも、あなたは誰かに反論したことがあるんですか、と返したくなるのを必死でこらえる。山藤は五十代になったばかりだというのに、頭頂部が見事にはげ上がっていて、よれよれのスーツに身を包み、いつも肩をすぼめて歩いている。出過ぎたまねはせず、上司の命令には必ず正確なボールを打ち返し、決して反論しない、ある意味官僚の模範のような男だ。金融危機対応室、などとたいそうな名前が付いている癖に、山藤のような男を室長に据えているのは、金融庁が本気で対応する気などないことの証左だと思う。金融危機などやってこないし、たとえやってきたとしても、付け焼き刃の対症療法でかまわない……

彩が無言のまま立っていると、山藤は長く尾を引くため息をつき、「まあ、今回のことはよく反省して、今後に生かすようにしてください」と締めくくった。

「わかりました。失礼します」

彩の表情がよほどこわばっていたのだろう。席に戻ると、通りかかった総合政策局の大曲が話しかけてきた。フィンテック室の管理官である大曲は北須賀と同期で、東大法学部で首席を争った仲だと聞く。コミュニケーションに難がありすぎる北須賀と違って、大曲はその大きな体軀にふさわしいおおらかな気質で誰とでも気さくに接するので、庁内きっての情報通だ。

「どうしたんだよ、景気悪い顔しちゃって」

「財務省の理財局審議官を怒らせたって、室長に絞られちゃって……」

彩がうつむくと、大曲は楽しそうに笑った。

「おお、下村閣下を怒らせるとは、なかなか勇気あるな」

「別に怒らせるつもりはなかったんですよ。あっちが勝手に機嫌悪くなっただけで……」

「まあ、閣下も理財局審議官ってポジションが納得できないんだろうさ。次の主計局次長って言われてたのに、パワハラ御法度のご時世で潮目が一気に変わっちゃったんだから」

国家の予算を一手に仕切る主計局長は次官ポストにもっとも近い要職で、主計局次長から総括審議官や官房長を経て就任、というのが王道だ。下村の理財局審議官就任は、誰の目から見ても、主流からはずされたことがわかる異動だった。

「でも、山藤さんの弱腰が情けなくて……」

「まあ、そう言うな。『ノーパンしゃぶしゃぶ』のあおりで大蔵省から分離した金融部局にガンガン不良債権の処理をやらせようって流れで誕生したのが金融庁だからな。元は武闘派だったんだよ」

北須賀がポケットからスマホを取り出しながら言う。

『『金融処分庁』とか『関東軍』とか呼ばれてた頃は、『債務償還年数二十年なんて債権はハケ（破綻懸念先）ですよ！　ちゃんと確認してください！』とか怒鳴りまくってたって武勇伝聞いたけど、今じゃすっかり牙を抜かれちまってるもんな」

大曲が情けなさそうな表情で言う。

「抜かれすぎて、もう何も残ってないですよ……」

「ま、とにかくそういうネガな気分の時は飲みに行くに限る。今晩行くか」

「いいですね」

隣の北須賀に目をやると、ものすごい勢いでトゥーンブラストをしている。ただブロックを消していくだけの単純なゲームだが、爆弾やらロケットやらを合体させると一度に大量のブロックを破壊できる。これがめちゃくちゃ気持ちいい……と、ここまで詳しく知っているのは、彩もご多分に漏れずハマったからで、とにかくスマホにインストールしたが最後、ブラスト沼から抜け出せなくなった。仕事が手につかなくなり、即アンインストールしたのだが、北須賀は沼にどっぷり浸かったままらしい。横からのぞくと、驚異的なスピードでブロックを消している。ちょっと尋常じゃない速さだ。さっきの緻密かつ堂々とした答弁といい、この人の頭の中は一体どうなっているのだろう。

「おい、北須賀、そんなもんばっかりやってると、嫁が来なくなるぞ」

大曲が北須賀のスマホを取り上げる。じろりとにらんだ先に同期の姿をみとめると、「フィンテックおたくに言われたくない」と冷ややかに言う。

「おたく上等。フィンテックは奥が深いからな。掘れば掘るほど面白い」

「おまえの仕事はフィンテックの監督だろ。ハマっちまってどうする」

「それはそれ、これはこれ、だよ。じゃあ今晩九時。『とりばんば』で集合な。我らがミポリンも呼んどくから」

「またかよ。かわりばえしないな」

北須賀はそうつぶやきながら、まんざらでもなさそうだ。ミポリンの本名は中西美穂。一定以上の年齢層にしか通じなそうなあだ名だが、元全日空の客室乗務員という異色の経歴で、頭が切れる上に美人で色気たっぷり。幹部のおじさま方がそろって鼻の下をのばしている。

§§

とりばんばの店内はいつ来ても大体満席だ。真ん中に焼き場があり、それを取り囲むようにロの字形のカウンターがある。いくつかテーブル席もあるが、今日は空いていないようだ。カウンターの一角に二人ずつ角を挟むようにして座る。

「それじゃ、久々のとりばんばに乾杯！」

大曲の音頭で四人がグラスを合わせる。全員三十代半ばで独身。時折集まっては愚痴をこぼし合っている。

「下村閣下にたてついた彩ちゃんの蛮勇に」

「ちょっと、『蛮勇』ってひどくないですか？」

彩が頬を膨らませると、美穂が身を乗り出した。

「え、なになに、閣下にたてついたの？」

まっすぐな黒髪がさらさらと肩から落ちる。右側のテーブル席に座ったオヤジ二人組が美穂にさっと目を走らせ、二度見する。いつものことだ。本人はまったく意に介していない。

「別にたてついてないですってば。あっちが勝手に不機嫌になっただけで」

「いいね、そういうの好きよ」

髪をかき上げながら美穂が言うと、オヤジ二人が生唾を飲み込む気配がした。

「それはそうと、美穂さん、最近どうですか？」

「う～ん。先週、のびやか銀行にコロナ特例での公的資金注入第一号が決まったじゃない？マスコミの書きぶり、見た？」

「ああ、ほとんどのマスコミがネガでしたね。『のびやか』を甘やかすなって。そもそもブン屋連中は公的資金注入を申請しやすくする特例を導入したこと自体に反対だからなぁ」

大曲が言うと、美穂が渋い顔でうなずく。

「ほら、『のびやか』は取引先に中小の温泉旅館とかサービス業が多いじゃない？　コロナで大きな打撃を受けたところが多いのよ。だからリスクテイクするためにも、あらかじめ資本を増強しておく必要があるわけ」

隣のオヤジ二人組が渋い顔になる。女が難しい話をするのは気にくわない、これもいつものことだ。

「まあ、でも三度目ですからね。リーマンショックのあとに百五十億、東日本大震災のあとに二百億入れてますから。コロナ特例だと、返済期限も事実上ないし、経営責任も問われない。通常なら僕たちが収益性の数値目標とか、経営体制の見直しなんかを盛り込んだ計画書出させて厳しく審査するのに、それもない。まあマスコミが文句つけたくなるのもわかりますよ」

「でもホントに苦しいのよ。純損益は過去最大の五十八億円だし、資産運用でも損失出してるし、予防的に多額の引当金を計上してるし……自己資本が目減りした地銀が貸し渋りとか、貸しはがしとかしたら大変でしょ」

引当金というのは、将来融資先の企業から融資資金を回収できない事態に備えてあらかじめ準備しておく見積もり金額のことだ。

「わかってないんですよ、マスコミは。『のびやか』は地元企業を支えるために引当金積んでるんです。ちゃんと知恵とお金を出して支援すれば良くなるし、利益が出てちゃんと借りた金を返せれば引当金もいらなくなる。バッファとして公的資金を使うわけで、そのためにプロジェクトXがあるわけですから……」

大曲が名前を出した「プロジェクトX」というのは通称名で、本当の名称は「地域サステナブルファイナンス支援プロジェクト」。要は金融庁自身がコンサルの機能を持って、地銀を改革していこう、という趣旨で誕生した若手中心のチームだ。危機対応室の下にあり、北須賀が発案者だ。銀行が融資先の企業にポジティブな影響を与えられるように、というのが目的で、彩も危機対応室の一員なので、自動的に組み込まれた。このチームには、さまざまな知見を持った人間を入れることを目的に、外部の人間も何人か登用されている。全日空のCAだった美穂もその一人だ。他にも、中小企業経営者や元大手銀行マンなど、多様な経歴を持った人間八人が集まっている。

「とはいえさ……」

今まで黙っていた北須賀が口を開く。

「リーマンのあと公的資金の注入を受けた地銀十五行のうち、全額返済したのってわずか三行だぜ。安易に公的資金使って返済がなけりゃ、全額国民負担だ。モラルハザードになりかねない」

大曲と美穂が黙り込んだ隙に、北須賀がさらにたたみかける。

「こないだ来日したアメリカの制服組トップがなんて言ったか、覚えてるか？」

「『アメリカの安全保障上の最大の脅威は財政赤字である』だろ？　そりゃまあ、あちらさんは金がなくなりゃ戦費調達できなくなるもんな」

大曲が返す。

「戦費調達できないばかりか、新しい技術への投資もできなくなって結局戦争に負ける。金がなくなったら終わりだ。財政赤字は国の根幹を揺るがす」

北須賀が言うと、大曲が苦々しい顔で言った。

「おまえ、ホントに財務省戻った方がいいんじゃないか？　主計局なら財政規律とかプライマリーバランスとか、思う存分好きなことやれるぞ」

北須賀はもともと財務官僚で、途中で自ら手を挙げて金融庁に来た変わり種だ。やはり省庁としての序列は圧倒的に財務省の方が上だ。自ら志願して金融庁に来る人間は珍しい。

「そういえば、北須賀君はなんでこっちに来たの？」

美穂が芋焼酎のロックを優雅にあおってから言う。こう見えて、めっぽうお酒に強い。

「こっちの方がより現場に近いんですよ。あっちは机上の空論ばかりでつまらない」

「じゃあ、彩ちゃんは？」

「え？」

突然矛先が自分に向いて、彩は飲みかけのビールにむせた。

「なんで金融庁なんてお堅い職業選んだの？　だって私大の文学部卒でしょう。こんな可愛いのに、もったいない」

「いや、いや……」

可愛い、はお世辞として聞き流すとしても、金融庁で働くことがなぜ「もったいない」になってしまうんだろう……同じようなことを言われるたびに思う。女の子なんだから、何もそんな難しいことしなくても……ということか。美穂のような先進的な女性にまで、そうした意識がすり込まれていることに軽く目眩を覚える。嘆くべきは、無意識の刷り込みに誰も気づかないことだ。気づかないから変わらない。この国はいつまでたっても昭和の亡霊につきまとわれている……

確かに私大文学部からUターンして地元の地銀に就職した時は驚かれた。さらに地銀をやめた時は、もっと驚かれた。業務と並行して必死に勉強し、中途採用でノンキャリとしてようやく金融庁にもぐりこんだ。だが、その本当の理由は誰にも話していない。

あの日のことを思い出すと、いつも鼻先に線香の匂いがよみがえる。

父の葬儀の日。彩が遺族席に母と並んで座っていた時のことだ。黒いスーツ姿の二人組が焼香に立った。一人はでっぷりと太った体を無理矢理スーツに押し込んで額から汗を流していた。もう一人は対照的な痩せ型で、丁寧になでつけたバーコード頭がポマードで光っていたのを覚えている。三メートルほど先にいる二人から、汗と体臭とポマードが混ざったような臭いが立ちのぼった気がして、思わず手にしていたハンカチで口元を塞いだ。その瞬間だ。母が立ち上がり、着物の裾をものともせずに大股で焼香台に向かった。父の遺影をバックに焼香客の目の前に立つと、やおら香炉に手を突っ込み、火がついた線香をものともせず、目の前の二人に灰を投げつけた。男たちは目に灰が入ったらしく、太った方はうずくまり、痩せた方は「ヒイッ」と小さく悲鳴を上げたかと思うと、両手で目を押さえ、小さな葬儀場を走り出ていった。手に灰を握りしめたまま仁王立ちになっている母の姿、眉がつり上がり、目は憤怒に見開かれ、何かに似ている、と思った。ああ、修学旅行の能舞台で見た般若(はんにゃ)だ、と思った時、母はもう隣の席に戻ってきていた。肩を震わせ、ハンカチを口に当てて嗚咽(おえつ)をこらえている。怒りか、悔しさか、悲しみか……母の胸中に渦巻くものを斎場の誰もが推し量っていたと思う。父の死の顛末を知る者は、誰も母を責めようとはしなかった。その後も焼香の列は粛々と続き、途切れることはなかった。彩はスカートを膝の上で握りしめ、焼香台からさらさらとこぼれ落ちる灰を見つめていた。

父が働いていたのは地方の運送会社だった。もともと母の父が始めた会社だ。父は婿養子として香月家に入り、跡継ぎとして将来を嘱望されていたが、実直な一方、その強すぎる正義感や頑なさから、次第に祖父から煙たがられるようになっていった。そのためか、彩は祖父にかわいがられた記憶がない。五十代半ばで妻を亡くし、長く経営者として生きてきた祖父には人を寄せ付けない冷たさがあって、子ども心にもあまり会いたいと思う人ではなかった。

祖父の会社は三十年以上も粉飾決算に手を染めていて、取引金融機関は二十行に及んでいたという。経営状態の悪い企業はあらゆるところから資金を工面しようとする。多くの銀行と取引をする企業の粉飾決算には、銀行側の事情もある。金融機関同士の競争が激しくなり、越境貸し出しに積極的にならざるを得ず、他行の縄張りにまで手を出すようになる。結果的に、経営状態の悪い会社と、銀行側との思惑が一致し、粉飾決算で融資する銀行がどんどん増え、負債額も雪だるま式に膨らんでいく、というわけだ。上場企業だったので、それなりの規模だが、粉飾がバレずに済んだのは、祖父がその地方の銀行の創業者一族出身だったからだ。常に赤字続きだった祖父の会社の実態は、地銀が粉飾を承知で融資を続けたために、長く知られることがないまま、表向き平穏が続いていた。

父は粉飾に荷担していた。だが、良心の呵責(かしゃく)に耐えかね、上場企業の不正事案の調査をする証券取引等監視委員会への告発を試みた。しかし、父が書いた告発文はどこかで握りつぶされた。父が告発文を送ったことが漏れた頃から、会社内で陰に陽に嫌がらせが始まった。父は粉飾に手を染めた罪悪感と、ふがいない自分への嫌悪にまみれ、口数が減り、どんどん痩せ細っていった。そしてある日、会社に行くといって家を出たまま、北陸の小さな温泉旅館で首を吊り、遺体となって発見された。父に嫌がらせをしていたのが、あの二人組だ。母が焼香台の灰を取って投げつけた男たちだった。

父が自死を選んだ背景を理解するにつれ、彩の心の中で膨れあがっていったのは、別のものに対する憎悪だった。父の告発文を握りつぶしたのは一体誰か。きちんと読まれ、適切に対処されていれば、父が絶望の中で自ら縊(くび)れるようなことは起こらなかったはずだ。握りつぶした人間をあぶり出す。敵は証券取引等監視委員会の中にいる。絶対に見つけ出して復讐する……その一念で必死に勉強し、金融庁にもぐりこんだ。

志望動機に「証券取引等監視委員会で不正を暴きたい」と書いたはずなのに、配属は監督局。

そして、なぜか金融危機対応室なんてお門違いなところに入れられてしまった。目標にはほど遠く、ひそかにため息をつく。


「彩ちゃん、『プロジェクトX』に入ろうってのは気概あるよな」

大曲が感心したように言ったので、現実に引き戻された。

「ホントそうよね。見所ある」

美穂がロックグラスを傾けながら言うと、

「こいつは望んで入ったんじゃない。勝手に組み入れられただけだ」

北須賀が横やりを入れた。

「でも、私みたいな田舎出の人間としては、やっぱり地銀を支えたいんですよ。地方経済に血液を送り込む心臓みたいなもんですから」

憤慨して彩が言うと、

「いいこと言うじゃん」

美穂が人差し指に長い髪をからませながら、少し上気した顔で彩をほめた。


父が告発しようとした粉飾決算は父の死から数年後、あっけなく明るみに出た。粉飾を一手に担っていた祖父が死んで、すべてが明らかになったのだ。売り上げが減り、利益が細って赤字に陥っても、その現実をうその帳簿で塗り固め、銀行から融資を引き出し、延命を続けていた老経営者は、そのすべてを書き記した本物の帳簿を処分する前に脳溢血であっけなく死んだ。会社の息の根を止めたのは、粉飾の事実よりも、「後継者がいない」というありふれた事情だった。祖父には二人の息子がいたのだが、どちらも東京の会社に就職していて、田舎の運送屋を継ぐことを拒んだという。結局のところ、地方の中小企業を苦しめていることは皆同じ。働き手がいない、後継者がいない、良いものを作ったが売る先がない……といったことだ。こうした悩みに地銀が解を示すことができれば、地方も活気を取り戻すはずだ……それが「プロジェクトX」にやりがいを感じている理由だった。金融庁も今後、少子化や過疎化によって地銀がバタバタと倒れていくことは必至だということは認識している。

「そうそう、明日朝九時の会議で、新プロジェクトの発表があるみたいよ」

「ホントですか？　じゃあ、今日は早く寝なくちゃ」

「小学生かよ」

北須賀が言うと、あとの二人が声を合わせて笑った。一緒に苦笑いしながら、彩は胃の中がかき回されるような不安を覚えていた。監視委で父の告発文を握りつぶした人間は一体誰なのか……手がかりすらつかめないまま、入庁してまもなく八年になろうとしている。

「というわけで、永和銀行はかなり経営状態が悪化しているので、ここにてこ入れして頂く、というのが、今回の北須賀さんと香月さんのミッションです」

「地域サステナブルファイナンス支援プロジェクト」、別名「プロジェクトX」のチーム長をつとめる阿久津が張りのある声で言う。いくつかの小チームに分かれて個別案件を受け持つのだが、今回北須賀と彩のチームが請け負うのは栃木県大田原市にある永和銀行。栃木県の金融機関の中で永和銀行は第三位。シェアにして十一・六％。一位の大田原銀行は六十二％なので、永和銀行のおよそ五倍だ。

「ここ、かなり厳しそうですね」

　隣の席に座る佐久間がささやく。足立区の中小企業経営者で、地元企業の経営改善を担う「中小企業活性化センター」から来た人物だ。長年の経験から現場感覚に長(た)けていて、彼の見立てはいつも鋭い。

「大体、日銀の量的緩和の出口が見えない中、低水準の利ざやに向き合わざるを得ないし、少子高齢化で地域経済は縮小してるし、もう好転材料なんか一個もないんですよ」

大阪にある中堅規模の銀行出身の春日秀彦が聞こえよがしにため息をついた。

「それをなんとかするのがあたしたちの役目でしょ」

美穂が髪をかき上げながら言うと、二人はバツが悪そうに口をつぐんだ。

「それにしても、北須賀さん、遅いですね」

彩が言うと、ドアが派手に開いて、北須賀が飛び込んできた。顔が真っ青だ。あまりの様子に北須賀に駆けよる。

「どうしたんですか?」

「いや、ちょっと……」

「何事だ?」

チーム長の阿久津が言うと、北須賀が渋々といった顔で言う。

「森山彰伸審議官が亡くなられました……」

「どういうことだ?」

それ以上は、と北須賀が首を振る。部屋に重苦しい空気が立ちこめる。しばらくすると、春日がスマホを手に頓狂な声を上げた。

「思った通りだ……」

全員が注目すると、春日はおもむろにスマホの画面を閉じ、「森山さん、自死らしいですよ」と意味ありげな表情で言った。衝撃のあまり、誰も声を発しない。

森山審議官と言えば、官邸や永田町からの信頼も厚く、将来は金融庁長官間違いなしと言われていたほどの切れ者だ。一体どういうことなのか。阿久津チーム長はあたふたと部屋を出て行った。それが誰であれ、幹部が自殺したとなれば、金融庁としては、まずメディア対応を急がなければならない。警察情報がメディアに流れないようおさえる必要がある。同時に森山の遺書などがないか、遺族からの聞き取りも必要だ。森山ほど将来を嘱望されていた人間の自死となると、庁内もざわつくだろう。

彩が椅子に倒れ込むように座ると、美穂が冷たい水を持ってきた。体調が悪い、と伝えると、明日から始まる永和銀行の現地調査に向けて今日は早めに解散することになった。

§§

「ねえ、なんかすごい噂耳にしちゃったんだけど」

同居人の若宮三波が冷蔵庫から缶ビールを出しながら言う。まだ五月だというのに、ペールピンクのタオル地の短パンに、大きな胸を強調するようなピチピチのTシャツ。頭をおだんごにしてヘアターバンを巻いている。

「なんか、金融庁きっての切れ者が自殺したらしいじゃん」

三波は外見からはとても想像がつかないが、その実、全国紙の東知新聞の社会部記者だ。彩とは大学時代からの友達で、新聞記者と言っても社会部だから安全、と油断していたが、この手のネタになると彼女の縄張りになってくる。

「いや～、末端にまでそんな情報入ってこないよ」

しらばっくれてみせたものの、三波はまったく信じていない様子だ。目を細めてじっと彩の顔を見ている。

「そんなことないでしょ～。結構ウラにディープな理由あるみたいだし」

「え、そうなの？」

素で驚いてしまう。

「ほら、知ってたんじゃん」

三波には勝てない。

「なんか、官邸の超ブラックな秘密握ってたんじゃないかって、毎朝放送の経済部の友達から聞いたよ」

「そりゃ、審議官クラスなら官邸の秘密の一つや二つ、知ってるんじゃないの……でも、例えばどんなこと？」

はぐらかしたつもりが、つい訊いてしまう。

「いや、それがイマイチつかめないらしいんだよね。彩、なんか聞いてないの？」

「全然知らない」

三波の疑わしそうな視線を浴び、彩はわざとらしく大きなあくびをする。

「あ～一日会議ばっかで眠い。明日出張だから、もう寝るね」

「はーい、なんか情報入ったらよろしゅう」

三波の執拗な視線から逃れるようにして、自室に引きあげる。マスコミと同居、というのは保秘の点からまずかったかもしれない、と改めて思う。三波は彩の父親が亡くなった本当の理由を知らない。病死だと説明してある。だから「自殺」という言葉を軽々しく口にするのだろう。本当は、その言葉を耳にしただけで、彩の体は電流が走ったかのようにこわばる。体が勝手に反応するのだ。そして、まるで今さっき見てきたかのように、その瞬間、その人が置かれていた状況をありありと思い浮かべてしまう。真実ではないとわかっているのに、その場面は長く記憶に残り、時折何気ない瞬間に記憶の底から浮かび上がってきて彩を苦しめる。いつか時間が経てば忘れるだろうと思っていたが、やはり今日、チームの大部屋で同じことが起きた。顔を青くして冷や汗を流している彩をじっと見つめる北須賀の視線が忘れられない。何か勘づかれたのではないかと、生きた心地がしなかった。私的な復讐のために金融庁にいることが知られれば、公僕としての資質を疑われ、職を解かれかねない。

彩は大きなため息をつくと、布団にもぐりこんだ。眠れない夜、いつも思い出すのは父の葬儀で見た母の般若のような顔だ。母の顔がぐにゃりとゆがみ、父の顔になり、最後は自分の顔になる。復讐に取り憑かれた人間の醜い顔。自分は終生、誰かを愛したり、愛されたりすることはないのだろうと思う。本当は仲間たちに対しても、信頼や愛情などこれっぽっちも持ってはいないのではないかと思う。幼い頃から裕福な家庭に育ち、高額な塾に通わせてもらって中高一貫の私立校に通い、優秀な成績をおさめて東大にストレート入学……そんな順風満帆な人生を歩んできた官僚たちに、自分たち市井の人間の気持ちなどわかるはずがないとも思う。実際、彼らとの付き合いの中で、彼らが無意識に発する「国民の皆さん」とか「市民の方々」といった言葉は、半分あざけりの色を含んで聞こえることがある。彼らは自分が一等国民であることを知っていて、仲間うちでそのことを確認し合うことを楽しんでいるのではないかとうがった見方をしてしまう。そういう瞬間に出会うたび、彩はいつも心の中で彼らの面前に灰を投げつける。「おまえらに何がわかる！」そう叫ぶ自分の形相は、やはり般若に違いない。

父の告発を握りつぶした人間を絶対にあぶり出してやる。心に誓いながら、何度も苦しい寝返りを打ったが、眠りはなかなか訪れてくれなかった。

§§

那須塩原駅に着くと、北須賀と彩はそのまま永和銀行に向かった。本当は昼食をどこかで済ませて行きたかったのだが、駅の周辺には何もなく、一軒だけ駅のそばにある喫茶店は満席だった。空腹を抱えたままタクシーに乗り、行き先を告げる。

「昨日の件、あのあとどうなったんですか？」

運転手の耳を気にして、敢えて名前は伏せた。

「どうも、遺書があるらしい」

「えっ、何が書かれてたんですか？」

「わからん」

自死を選んだ理由については、何も書き残さなかったということか……父の時もそうだった。自死を選ぶくらい追いつめられた人間は、何かを残したいという意欲さえも失ってしまうのか……

永和銀行の正面玄関に着くまで、二人とも黙ったままだった。永和銀行が入る八階建てのビルは、都心で言えば中規模マンションといった風情の、あまり特徴のない建物だ。応接室に通されると、地元のサッカーチームの優勝カップを手にした頭取の写真や、地元の商工組合のメンバーに囲まれて笑う写真などが所狭しと飾られている。

「……すごいですね」

圧倒されてつぶやくと、「地銀のトップってのは、地元では名士中の名士だからな」と北須賀がいつも通り表情に乏しい顔で返した。茶托にのせられた湯飲みが出された。寝不足と空腹で思わず飲み干してしまったが、北須賀は口をつけようとしない。

その時、応接室のドアが開く音がした。

「いやいや、どうもお待たせしました。丸山と申します」

丸顔に笑みを浮かべながら差し出した名刺に「執行役員経営企画部長」と書かれている。

「金融庁の方が来る、なんて言うと、我々の世代は震え上がっちゃうんですわ。なんかやらかしたかな、と思って。それが、逆に我々を助けるために来てくださるなんて、なんかえらい時代が変わったなあと……」

経営全般に精通しながら、役所に対する窓口も兼ねる役職なので、人好きのする笑顔だ。名刺を交換して、ソファに座り直す。

「その通りです。時代は変わったんですよ。地域の知の集積地として、新たな価値を創造するのが、これからの地域金融機関の役割です」

滔々(とうとう)と述べる北須賀の横顔をちらりと見る。今日はきちんとしたスーツを着ていることもあり、トゥーンブラストにハマっている普段の姿とは、まるで別人だ。

「とは言っても、全然資金ニーズがなくてねえ……」

「資金ニーズはないかもしれませんが、企業に課題がないわけじゃありません。これまでの金貸しの役割を脱して、地域のコンサルの役割に転換していかないと」

「コンサル、ねえ……」

そんなもの金にならんでしょう、と言いたげな顔だ。

「例えばここ、もっか御行にとって一番の破綻懸念先ですよね」

北須賀がバッグからファイルを取り出す。「配食センターつばさ」と書かれたA4サイズのパンフレットが出てくる。

「もともとは御行から融資の内諾を得ていたようですが、去年と今年の三月期、二期連続の赤字決算で格付けが引き下げられて破綻懸念先になっています。もう融資は受けられない。倒れるのを待つばかりという状態だ。こうなると、今まで地域の金融機関は泥船から資金を引き上げ、すがりつく中小企業を後ろ足で蹴り倒してきました」

丸山が明らかに顔をしかめるのを一顧だにせず、北須賀が続ける。

「でもこれからは、それじゃダメなんです。彼らが欲しいのは融資だけじゃない。調子がいい時だけ押し売りのようにお金を高金利で貸し出すのではなく、調子が悪くなってきた時にこそ、悩みを聞いて一緒に問題を解決する、そうでなくては地銀は生き残っていけません」

「おっしゃることはよくわかります。でも、うちにはそういうことができる人間がいないんですよ……」

丸山が弱り切った顔で言う。

「それは、あなた方が育ててこなかったからです。経営陣の怠慢、とも言える」

北須賀の鋭い言葉に丸山がびくっと肩を震わせる。

「選りすぐりの行員を何人か私に預けて頂けませんか？　私が責任を持って育てます」

「わ、わかりました。今すぐ……」

丸山があたふたと部屋を出て行くと、彩がため息をついた。

「何も、あんな高圧的に言わなくても……だから役人は、って言われるんですよ」

「あんなの手ぬるいくらいだ。あいつらはほっといたら何も変わらない、変わろうとしない。地域の金貸し業だけをやっていて安泰だった時代の幹部連中は、自分では変われない。長年ゆるい環境でやってきて、思考も感覚も全部なまってる。理解するのも行動に移すのも、信じられないくらい、遅い。このままずるずる倒れるのを防ぐためには、強力なカンフル剤が必要だ」

やがて人事部長を伴って丸山が戻ってきた。きっちり七三に分けた頭を慇懃（いんぎん）に下げ、人事部長が名刺を差し出す。

「このたびは色々とお世話になり、ありがとうございます。可及的すみやかに我が行の優秀な行員を選びますので……」

「明日までにお願いします」

遮るように北須賀が言う。

「明日……ですか。それはまた、ずいぶんと急なお話で……」

人事部長が先ほどの丸山と似たような表情を作る。

「はい。明日、でお願いします。優秀な行員なら、探さなくてもすでにリストがあるでしょう」

北須賀が念を押しながら、背広の内ポケットから震えるスマホを取り出した。電話をかけてきた相手の名前を確認すると、「では、今日はこれで」と言って早々に打ち切った。丸山と人事部長の丁寧すぎるお辞儀に送り出されて永和ビルの外まで出ると、北須賀がすぐにスマホを取り出し、電話をかけた。

「もしもし、北須賀です。永和銀行にいたもので……」

途中で遮られたらしく、その後ひたすら「はい、はい」と相づちを打っていた北須賀は、やがて、「えっ、そんなの無理ですよ」と小さな叫び声を上げた。相手は引き下がらなかったらしく、やがて「……わかりました」と苦り切った顔で電話を切ると、大きなため息をついた。

「誰ですか？」

「室長……森山さんの件を担当することになった」

「えっ、森山さん！　大変ですね」

「おまえもだよ」

「え……なんで私が……」

「この前のシミュレーション、伊坂秘書官がなんか気に入ったらしくて、俺たちをご指名なんだそうだ」

北須賀を気に入ったのであって、彩はもらい事故みたいなものだ。

「でも、一体何を……」

「遺書の内容がわかったらしい」

「え、なんて……」

「『これ以上お守りするのは無理です。総理申し訳ありません』だそうだ」

「え……」

彩にも一瞬でわかるくらい、やばいニオイが立ちこめている。

「まずは奥さんのところに行って話を聞かないといけないが、俺だけじゃ不安だってんで、おまえも同行させろと」

女性がいた方が安心するだろう、ということか。自分のような若いのが行ったらむしろ逆効果な気もするが、命令は絶対だ。行くしかない。

「で、いつですか？」

「今日、これから」

「ええっ⁉」

「で、明日こっちに戻る。明日までに優秀な行員そろえろって大見得切ったんだ。何が何でも戻るぞ」

「そんなの、ちょっと急用ができたんで延期させてくださいってことでいいじゃないですか」

「ダメだ。熱意を見せたい」

「うそでしょ……」

北須賀は彩のつぶやきなどものともせず、駅に向かって大股で歩いていく。

「ちょっと、タクシーつかまえましょうよ！」

「こんなとこに流しなんかいない」

「じゃあ呼びましょうよ」

「歩いて二十分ちょっとだ。待ってるより、歩いた方が早い」

「ええ〜っ」

内心深いため息をつく。言い出したら聞かない北須賀の一本気はどうにも止めようがない。

重い足を引きずって北須賀の後を追った。

§§

森山審議官のマンションは、杉並区の静かな住宅街にあった。玄関先に現れた森山の妻は、明らかに憔悴しきった化粧気のない顔で「妻の麻由美です」と頭を下げた。気温は二十度を超えているというのに、ベージュの丸首セーターに茶色いニット地のスカートをはいている。無言のまま、北須賀と彩を部屋に案内した。

森山の写真を前に、なんとも言えない気持ちがこみ上げてくる。チェック柄のシャツ姿で、青々とした夏山をバックに笑っている。官邸で見かける森山はいつも少しうつむき加減で、せかせかと歩く印象だった。写真を背にした妻の麻由美は白い封筒を手にしている。

「遺書はこれだけなんです……私宛てには何も書いてくれてなくて……」

むせび泣く姿に言葉が見つからない。じっと黙ったまま下を向いている彩の横で、北須賀は封筒から遺書を取り出した。

「この部分、『総理申し訳ありません』という言葉が何を意味しているか、おわかりですか？」

夫の死に直面している人に、いきなりそんな質問をするなんて……と彩が思うより早く、麻由美がトゲを含んだ涙声で叫ぶように言った。

「知りません！」

「知らないって、どういう……」

なおも食い下がろうとする北須賀を麻由美がにらみつけた。

「あなた方はどうせ、夫が死んだことより、総理を守ることの方が大事なんでしょう？　だったら、私も、もっと気持ちをわかってくれるメディアの人たちに……」

「違うんです！」

こぶしを握りしめた彩が遮る。

「そうじゃないんです。私たちは、森山審議官が命を賭してまで守りたかったものが何なのか、それを知った上で審議官のご遺志を守りたいと思っているんです。決して総理を守りたいとか、組織がどうのとか、そういうことじゃありません」

決然たる口調に、北須賀は彩を呆然と見ている。麻由美はうつむいてスカートの裾を握りしめた。

「そうですよね。すみません、大声を出したりして……主人と私は、高校の同級生なんです。もう三十年以上一緒にいるのに、ある時から一切仕事の話をしてくれなくなって……何をしているのか、さっぱりわからなくなってしまったんです。とても寂しくて……だから、あの人が痩せていくのを見るのが辛かった……夜もちゃんと眠れていないようで、どんどん元気がなくなっていって、でも私はただおろおろするばかりで、どうすればいいのか全然わからなくて……夜中の一時過ぎに帰ってきて、朝はまた六時半頃に出て行ってしまう……話すタイミングもなくて、あの人と、最近まともに会話したことすらありませんでした……」

麻由美が手に持ったハンカチを口に当て、嗚咽を漏らした。しばらくの間、麻由美がむせび泣くのをなすすべもなく、ただ見つめていた。やがて麻由美は顔を上げると、彩の目を見て言った。

「だから、知りたいんです！　あの人がなんで自殺しなきゃいけなかったのか。一体何があの人をそんなに苦しめていたのか……あの人の名誉のためにも、あの人を苦しめていたものが一体何なのか、どうか教えてください！　一体私はどうすれば良かったのか、何をすれば、あの人は死なずにすんだのか……」

泣き崩れた麻由美の背中を見つめながら、ああ、あの時の母と同じだ、と思う。夫を亡くし、突然娘と二人放り出された母は、その現実を受け止めきれず、後ろばかりを向いていた。なぜ、どうして、どうすれば……悔いても二度と戻らない過去ばかりを振り返り、前を向こうとしなかった。どうしようもないのだ。大切な人を追いつめ、自らの命を絶つ選択をさせたものが一体何なのか、それがわからない限り、前になど進めない。

「わかりました。必ず事実を解明して、お知らせします」

彩の答えに、麻由美は無言でうなずいた。涙の粒がこぼれ落ち、スカートを濡らす。膝に置かれた手は固く握られたまま、一度も開かれることはなかった。

§§

「おまえなあ、あんなに力強く宣言して、どこに勝算があるんだよ」

「……すみません」

「まあ、でも遺書は借りられたし、助かった」

思わず北須賀を見る。助かった、などと言うのは珍しい。

「だけど、勝手に安請け合いされるのは困る」

「すみません、つい勢いで……」

「まずは総理まわりで森山さんが何をやらされてたか、そこだな」

「それを調べるのは相当難しいですよね。何か突破口、あるんですか？」

「ない」

北須賀のきっぱりした口調に、がっくり肩を落とす。

「ですよね……伊坂秘書官はじめ、四人の総理秘書官は絶対に口を割らないでしょうし……」

「だから、からめ手でいく。官房副長官の秘書官は俺の大学同期だ。そこから攻める」

「そんな真正面から行って、しゃべってもらえるんですか？」

「正面から行くって言ったか？」

北須賀がにやりと笑った。嫌な予感……

§§

「なんですか、この店？」

店内はガラスの装飾で光り輝いていてバブルのにおいがするのに、目の前には丸いたこ焼き器。まったくコンセプトがわからない。

「今流行ってるらしい。泡を『フリーフロー』しながら『タコパー』だそうだ」

北須賀がまったくそぐわない単語を連発する。

「なんでそんな店で私が食事しなくちゃいけないんですか」

「美穂さんだと美人すぎて怪しいだろ。女の子紹介するには、おまえくらいのがちょうどいいんだよ」

「どういう意味ですか?」

気色ばむと、一本線の上を歩くような気障な足運びの男がこちらにやってくるのが見えた。北須賀が手招きしている。

「来た来た。明石、こいつ、昨日話した香月彩。俺ちょっと用事できたから、あとは若いお二人で」

北須賀がそそくさと店を後にする。嫌な予感、的中……官房副長官の秘書官、明石雅人はぱりっとしたスーツを着込んだイケメンで、とても官僚には見えない。どちらかと言うと、外資系コンサルか商社マンという雰囲気だ。わざわざ同期に女性を紹介してもらう必要などなさそうに見えるが、歩き方だけですでに「ヤバい」においがする。

「初めまして、明石です」

そう挨拶するや否や、目の前に置かれた箸を持ち上げ、「うわ、この箸の置き方やだな」と言いながら、テーブルの縁に平行に置き直した。

「あ、ここベタベタしてる」

ペーパーナプキンをグラスの水で濡らし、しつこいくらいにテーブルを拭いている。これではモテないはずだ、と激しく納得しながら、とりあえず店員にたこ焼き二人前とフリーフローをオーダーする。

「いや、嬉しいなあ。こんな可愛い子紹介してくれるなんて、北須賀を見直したよ。君も今、カレシ大募集中って感じ？」

全然、と言下に否定したいところだが、そうもいかない。とりあえずにっこり笑ってお茶を濁す。たこ焼きセットが運ばれてくると、明石は彩には一切触れさせず、二人前のたこ焼きをすべて自分で焼き始めた。片面が焼けると、串を使って器用にひっくり返している。うまく球形にならないものがあると、小さく舌打ちしながら鉄板の上で何度もくるくる回す。

シャンパンが運ばれてきたので、とりあえず乾杯する。その間も、明石はたこ焼きから目を離さない。広島出身の彩は、こう見えて酒にはかなり強い。カープの試合を見ながら父の晩酌につきあっているうちに、いつのまにか鍛錬された。今日はどんどん飲ませて明石にしゃべらせる計画だ。どうでもいい雑談で場をつなぎ、三杯目を飲み干し、明石の串さばきが怪しくなってきた頃、ようやく口火を切る。

「ところで、うちの森山さんご存じですか？」

「ああ、森山審議官ね。亡くなられた」

亡くなられた、が「らくらられた」に聞こえるくらい酔っている。

「ええ、森山さんって総理まわりでもお仕事されてたみたいですよね」

「ああ、まあ、そうね。お仕事っていうか、指南役っていうかね」

「へえ、何の？」

「時任総理って珍しく無派閥出身じゃん。だからアドバイザーいないのよ」

だから何の、と声を荒らげたくなるのを必死でこらえる。

「そうですよね。総理って意外と孤独なんですよね。でも何の分野でアドバイザーが必要なんですか？　政策秘書だって私設秘書だってちゃんといるわけだし……」

「そりゃあ、コレでしょ」

人差し指と親指で丸い輪っかを作る。

「コレ？」

わざとしらばっくれると、

「コレ、って言ったらコレでしょ～！」

明石が意味もなく笑い転げる。顔をしかめたくなるのを必死にこらえる。

「そうですよね～。でも、何関係のコレですか？」

指で輪っかを作って訊き返す。

「つまりアレよ、裏帳簿。裏っつうか、まあ、そっちがほんとの帳簿なんだけど、政治資金収支報告書とか出さないといけないじゃん。資産公開もあるしさ。それとの整合性とか、色々あるんでしょ。ま、当たり前のことよ」

裏帳簿……言葉の重みに愕然とする。とにかく目の前の明石から、取れるだけの情報を取らなければ……

「でも、なんで森山さんが？」

「だって同じ高校じゃん。政治家にも官僚にも珍しい明成。確か時任総理は小学校からで、森山さんは中高だったかな。総理の方が二つ上。あんま頭良くない同士、相通ずるもんがあったんじゃないの？」

からからと笑う。東大出に言われるとカチンとくるのは、彩が、私大出身だからか。

「でも中高が同じだからって……」

「ホラ、総理の官房副長官時代、森山さん秘書官だったから。それ以来ずっと指南してんじゃないの？　まあ、実際に帳簿つけてるのは秘書だろうけど」

「でも、森山さんがずっとやらなきゃいけない理由でもあるんですかね？」

「さあね、色々あるんでしょ。僕チャンにはわかりません～」

そう両手を上げて肩をすくめるや、明石はテーブルに突っ伏して寝てしまった。これ以上明石に何か訊いても出てくることはなさそうだ。自分の分のお代を置いてそっと席を立つ。シャンパンを五、六杯は飲んだはずだが、思った通り、ちょっと頭がぼうっとするくらいで彩の足取りはしっかりしていた。

北須賀に報告の電話をかけ終わると、そのままベッドに倒れ込む。明日はまた大田原にトンボ返りだ。早く寝なくては……念ずれば念ずるほど目が冴えてくる。そんな時、決まって浮かんでくるのは母の顔だ。母は今、認知症を患って施設に入っている。七十代初めでの発症は女性にしては早い方だと言われたが、母の歩いてきた道のりを思えば、それも自然のなりゆきなのではないか。忘れたいことが多かったから、早めに記憶を手放した。それは自然が人間に与えた最後の慰めなのではないかと思う。自分はどうだろう、と思う。人より早く色々なものを手放す結末を迎えるのだろうか。だが、自分にはその前にしなければならないことがある。

§§

「みっちゃん、早く食べちゃいなさい！」

口のまわりをオムライスのケチャップで真っ赤にした女の子を保育士が追いかけている。保育士は女の子をつかまえて背の低いちゃぶ台のようなテーブルの前に座らせると、うさぎの絵のついたスプーンを握らせ、「ご飯の途中で遊んじゃダメだからね」と言い含めて彩の方に笑いながら向き直った。

「みっちゃん、あ、ホントはみちるちゃん、なんですけど、オムライスが好きすぎて、全部食べちゃうのもったいないからって、途中でいつも遊びにいっちゃうんです」

「みっちゃん」は大きな栗色の瞳を見開くようにしてスプーンを口に運んでいる。瞳と同じ色の髪の毛が小麦色の首元でくるりと弧を描いていてかわいらしい。

『つばさ』さんのご飯、子どもたちに大人気なんですよ。でも、前お願いしていたところが潰れてしまって、次が見つかるまでという約束なので、契約を更新できないんです。つばささんは規模が小さくてちょっとお高めなので……」

彩の傍らに立った園長が残念そうな表情で言った。

「仕方ないですよね。市との契約ですから」

彩が言うと、園長がまじめな顔で続ける。

「本当に、公立保育園は自由にならないことが多くて……」

「ちなみに、配食センターつばさのご飯って、どんなところが人気なんですか?」

「最近は野菜や魚嫌いの子が多いんですけど、ここのお弁当は野菜でも魚でも、子どもたちが全然残さないんですよ」

「へえ、どうしてですか?」

「調理の工夫だと思います。魚も、白身をすってボールにしてくれていたり、野菜も素揚げしたのをチーズと一緒に串に刺してくれていたり、ひと手間をかけて子どもが食べやすいようにしてくれているんです」

恐らくその「ひと手間」に人件費や調理時間が余計にかかっているのだろう。同じコストでやるなら、余計な手数を省こうとする企業が多い中理念には共感するが、皮肉なことにその「ひと手間」が会社の首を絞めている現実がある。

北須賀は結局例の件で来られなくなり、今日は彩だけが大田原に戻ってきた。永和銀行との約束は午後なので、まずは保育園の昼食風景を視察に来た。配食センターつばさの給食はなかなか人気のようだ。後日、永和銀行が選んだ若手行員と一緒につばさに行くつもりだ。その前に、実際につばさの食事が提供されている現場を見ておきたかった。

誰かにスカートのすそを引っ張られた気がして足元を見ると、さっき、みっちゃんと呼ばれていた女の子がこちらを見上げていた。くりくりした大きな目に見つめられ、しゃがみこむ。

「どうしたの？」

「お姉ちゃんおりょうりじょうず？」

「うーん、まあまあかな。どうして？」

「オムライスつくれる？」

「うん、たぶん、作れる……かな」

女の子の目が輝く。

「あのね、みっちゃんね、ママがいなくなっちゃったの。だから、みっちゃんのとこ来て、オムライスつくって」

相変わらずケチャップを口の端につけたまま、彩に抱きつこうと近づいてくる。アイスグレーのスーツのスカートにあわやケチャップが、というところで、保育士が女の子を後ろから抱き留めた。

「みっちゃん、つかまえた」

女の子は嬉しそうに身をよじりながら、保育士に口を拭かれている。「はい、いいよ」の声に、保育士の腕をすり抜け、駆けていく。

「みっちゃんのお母さん、ベトナム人なんですよ。技能実習制度で日本に来たんだそうです」

「どこで働かれていたんですか？」

「農作物を加工する小さな会社です。みっちゃんがおなかにいる時も長時間働いていたみたいで、お父さんはすごく心配だったって……それでかわかんないですけど、みっちゃん、早産だったので他の子よりだいぶ小さいんです」

「お母さんは？」

「やっと出産したと思ったら、ベトナムに追い返されたんだそうです。子どもがいたら働けないってことで……でも、子どもには大好きな日本で育ってほしいからって、みっちゃんは日本に……今はお父さんが一人で育てていますけど、お母さん絶対戻ってくるから、って信じて頑張ってます」


これが日本の現状なのだ、と思う。一次産業や製造業など、あらゆる産業の担い手不足の問題が放置され、技能実習制度が「開発途上国への技能移転による国際協力の推進」の美名のもと、三十年間にわたって継続されてきた。だが、企業側の本音は「安価な労働力」だし、実習生にとっては「出稼ぎ」だ。いわゆる3Kを嫌がる日本人の代わりに彼らを安く使って間に合わせる……あらゆる産業が技能実習制度に依存しなければならなくなり、受け入れる側の中小企業にも苦しい事情がある。大手の小売業や飲食チェーンなどから安い価格での納品や厳しい納期の圧力をかけられ、その結果、実習生たちを安い賃金で働かせ、長時間労働を強いる……

これは厳しく利益を追求する大企業のしわ寄せの結果なのだ。

こうした現状を金融庁だけで変えることはできないかもしれない。だが、地銀が一つ一つの地元企業に対してコンサルの役割を果たすようになれば、こうした犠牲の構造を少しずつでも変えていけるかもしれない。

彩は積み木で遊び始めたみっちゃんのそばに行った。

「ねえ、みっちゃん、ここのお弁当の中で何が一番好き?」

「オムライス! たまごがふわふわでだいすき!」

目を輝かせてみっちゃんが言う。

「そっか。じゃあ、大好きなオムライス、ずっと食べられるといいね」

そうだ。銀行の役割は単にお金を貸すことじゃない。そのお金をどうやって地域に、人々の暮らしに役立てていくか、それも含めて一緒に考えていくことだ……

彩は保育園を辞すと、勢い込んで永和銀行に向かった。

§§

その頃、北須賀は伊坂秘書官から官邸に呼ばれていた。

「東知新聞が森山審議官のことを嗅ぎつけたらしい。遺書の存在はバレていないようだ。なんとかおさえてくれ」

「おさえるって、何をですか。一体何を隠してるんですか？」

伊坂は苦い顔で黙り込んだ。

「森山さんがなぜあんなことを書いたのかわからないままじゃ、おさえるとかおさえないとか以前の問題です」

伊坂が北須賀から視線をはずし、苦しそうな表情になった。

「私にも……わからないんだ」

「総理に直接訊けばいいじゃないですか」

「もちろん訊いたさ。涼しい顔で『何のことか、さっぱりわからない』と……それだけだった」

伊坂は財務省の主計局次長から無理矢理秘書官に呼ばれたほど、総理に見込まれている。頭も切れ、仕事もできる。将来は次官間違いなし、と誰もが認める逸材だ。だが、伊坂のような人物に対しても、総理は堂々としらばっくれる。あらためて政治家と官僚の力関係を思い知らされた気がして、苦いものがこみ上げてくる。

「でもそうすると、東知新聞は当然、ご遺族のところへ取材に行くでしょうね」

「そこだよ。遺書が表に出ないようにしてほしい」

『もっと気持ちをわかってくれるメディアの人たちに……』とつぶやいた麻由美と、麻由美を説得していた彩の真剣な眼差しを思い出す。遺書は借りてきたが、麻由美があらかじめコピーを取っているかもしれないし、マスコミにほだされて遺書の内容をしゃべってしまう可能性もある……北須賀の口から深いため息が漏れた。

§§

「あ～、おなかすいた。ねえ彩、今日のご飯何？」

「棒棒鶏（バンバンジー）」

きゅうりを千切りにしながら彩が答えると、

「お、いいね！　あれ、なんで鶏がこんなとこに放置されてんの？」

コンロの上に置いたフライパンのフタを取って三波が訊く。

「胸肉をそうやってフタして一時間くらい置いとくと、しっとりするんだよ」

「今どんくらい？」

「二十分」

「え～っ、あと四十分も待つの？　やだぁ」

だだっ子のように口をとがらせた三波に諭すように言う。

「あのね、おいしいもの食べようと思ったら、辛抱強く待たないと。果報は寝て待て、って言うでしょ」

「なんか彩、うちのデスクみたい……」

三波が渋い顔になる。これは父の口癖だ。疲れて帰ってくる父を料理で元気づけようと、母はいつも手の込んだものを作った。待ちきれずに横から手を出そうとする彩をたしなめ、父はいつも「果報は寝て待て」と繰り返した。

そう、父は「いつか報われる、いつか誰かが理解してくれる」と信じて、ひたすら待ち続けたのだ。待って、待って、待って……誰にも顧みられることなく、失意のうちに一人寂しく縊れて死んだ。父の死は組織の中で共感を持って受け止められただろうか。彩も組織の一員となった今、そこにあったのは共感ではなく、ひそやかな嘲笑ではなかったかと思う。組織に刃向かうとどういうことになるか。無駄な正義感など、結局は自らを滅ぼすだけ……そんな周囲の冷たい声が聞こえる気がして歯がみする。

ふと、みっちゃんの好きなオムライスが浮かぶ。保育士に訊いたら、つばさのオムライスには、ライスの中にミックスベジタブルだけでなく、細かく刻んだチーズが入っているのだという。野菜嫌いの子どもたちも、チーズが食べたいばっかりに、野菜だけをよけることができなくて、結局全部食べちゃうんですよ、と笑っていた。誰にも顧みられなくても、一生懸命考えて工夫して、そこにそっと思いをこめる。いつか正義は理解されるはずだと真摯に待ち続けた父の姿にどこか似ている気がした。

「おお～、やっぱお肉がしっとりしておいしい。この練りごまのタレも最高！」

ほめられて悪い気はしない。今日は棒棒鶏に水蛸(みずだこ)の刺身と冷や奴を合わせた。居酒屋みたいなメニューだが、三波と二人、晩酌しながら囲む食卓はいつもこんな感じだ。小鉢を並べて、それに合わせた酒を飲む。料理をするのはもっぱら彩で、酒の仕込み担当が三波。いつのまにか役割分担が決まっていた。三波は大の料理嫌いだし、どちらかというと規則正しい勤務体系の彩が料理した方が、早く夕飯にありつける。今日のお供は三波が選んだ金沢の地酒だ。正直この生活を続けている限り、居心地がよすぎて結婚の必要性などみじんも感じない。

「そういえばさ、例の審議官、どうした?」

鶏を飲み込もうとして喉に引っかかり、思わずむせる。

「なんか取材の進展あったの?」

「逆質問なーし。っていうか、そっちに進展なけりゃ、こっちにもないよ」

「でも、調査報道こそがマスコミの真髄、ってのが三波の信条でしょ」

「そんな簡単にいかないよ。新聞はどこも青息吐息だってのに、調査報道なんて人と時間と金がかかることやってらんないっての。大体、相手はてっぺんの天守閣にいるお殿様だよ」

「総理が関係しているかどうかなんてわからないじゃない」

「まあね……っていうか、ホントに彩、何も知らないの?」

「課長補佐クラスに極秘情報なんて降りてこないよ。家庭内取材しても無駄。お酒がまずくなるだけだし」

「ごめん、ごめん。……あたしもさ、そろそろ曲がり角なんだよね。このまま、ずーっと社会部遊軍にいるわけにいかないじゃん。一回厚労省担当やったけど、体壊して社内に出戻っちゃったし。もう同期でデスクとか司法キャップやってるのもいてさ、焦るんだよね。三十五ってさ、別の意味でも曲がり角じゃん」

言いたいことはわかる。卵子は老化する、などという言葉が跋扈するようになり、女性は、これまでよりあからさまに、職場でキャリアを積むことと、妊娠出産のタイムリミットとの板挟みになった。彩も三波も「この生活、チョー快適」とうそぶきながら、どこかで相手が安住の地を捨てて、違うステージに行ってしまうのではないかと不安を抱き、牽制し合っているようなところがある。

「ま、そういうお年頃、だよね」

適当にお茶を濁して終わるのもいつものことだ。時計の針はかちかちと容赦なく時を刻み、気づいた頃には修正できないところまで行ってしまっているかもしれない……その焦りは三十五になって、より色濃くなった。だからこそ二人とも核心には触れず、注意深くその周りをなぞるようにしてしゃべる。

「実はさ……」

いつになく深刻な顔で三波が言う。

「気になる人、できたんだ」

「え、そうなの？　誰よ？　って言っても職場違うし、わかんないか」

「知ってるよ」

「え？」

「彩も知ってる人」

「待って、待って。どういうこと？　一体誰？」

「絶対笑わない？　うそ〜とか、バカじゃん、とか言わない？」

「言わない……っていうか、もったいぶらないで早く教えてよ」

「……かさん」

三波の声がかすれている上にあまりに小さくて聞き取れない。

「え、何？」

「……たすかさん」

「え、もっ回」

「北須賀さん」

うそ〜〜〜〜！　心の中で叫ぶ。

「ほら、叫ぶ」

声に出していたらしい。「喧嘩上等」のTシャツと、トゥーンブラストを真剣にやっている北須賀の横顔が浮かぶ。

「いや、すみません。取り乱しました……」

そういえばチームの飲み会に一度だけ三波も顔を出したことがある。大失敗をやらかした彩を慰めようと、チーム総出でとりばんばに連れ出してくれた日のことだ。べろべろに酔った彩を三波が迎えに来た。

「あの時に北須賀さんが送ってくれて、三人で帰ったんだよ。彩は覚えてないかもしれないけど。その時に色々話して、帰りがけにＩＤ交換して、時々ＬＩＮＥしてるの」

「そうなの⁉」

北須賀にそんなマメな一面があるとは知らなかった。一方的に三波が送りつけているのかもしれないが、少なくとも何か返信はしているんだろう。

「ちゃんとしたメッセージ来る？」

「まあ、『そっすか』とか『そりゃ大変だ』とか『同情します』とかそんな感じだけど、でも、なんか癒やされるんだよね」

そんなおざなりなメッセージで癒やされるなら、誰でも良さそうなものだ。

「なんで北須賀さんなの？」

「う〜ん、顔？」

結局そこか……彩の顔に落胆が見えたのだろう。

「でも、顔だけってことでもない。なんか、彼の雰囲気っていうか、オーラっていうか、そういうのが好き」

臆面もなく言い切った。「好き」などという単語を三波が使う時が来るなんて、天地創造の神も驚いているに違いない。

「で、彩にお願いがあるんだ」

……またも嫌な予感。

「デート、セッティングして」

やっぱり……思わず天を仰いだ。

§§

「で、なんでここなんだよ」

「流行ってるって言ったの、北須賀さんじゃないですか」

「大体、なんだって俺がおまえの友達と飯食わないといけないんだよ」

いかにも気乗りしないといった風情で両手をポケットに突っ込みながら北須賀が言う。「喧嘩上等」ではないものの、今日のTシャツの柄はジャビット君。ジャイアンツのマスコットキャラクターだ。店の雰囲気にまったくそぐわない。巨人ファンはたいていい体制寄りだ、と苦い顔で言っていた父を思い出す。

「先日、明石さんとご飯食べさせて頂いた御礼です……あ、三波のこと、適当にしたら承知しませんからね」

横目でにらむ。

「って、なんでおまえにすごまれないといけないんだよ」

店に入ると、案内した店員が「お連れ様」はもう席に着いていると言った。

「じゃ、私はここで。ここまで来たら、もう逃げられませんからね」

北須賀が何かぶつぶつ言いながら奥に入っていくのを見届けると、店を後にした。

少し歩くと、外苑前の交差点に出た。かつてランドマークだったビルは、モダンなホテルに変わっている。大学に受かって上京したばかりの頃、そのビルの前に立つだけで緊張したものだ。東京のど真ん中。自分が周囲から浮き上がってはいないか、一人だけ異質な空気をまとってはいないかと不安で仕方なかった。今は、そうした異邦人としての不安は薄れたけれど、本来自分のいるべき場所はここではない、という違和感がぬぐえない。スーパーを見つけ、今夜の食材を買おうとかごを手に取り、値札を見て動きを止めた。こんなところで自分だけのために高い食材を買うのはもったいない。どこかで適当にすませようと思い直す。

定食屋でも探そうと歩き始めたが、行けども行けども、手頃な店はない。やがて左手に木立が見えてきた。よくドラマや映画撮影に使われる有名な銀杏(いちょう)並木だ。突き当たりの絵画館も写真映えするので、銀杏が色づく時期になると大勢の人で賑わう。今はまだ五月なので、青々とした葉がしげり、夜目にもその旺盛な生命力が感じられる。絵画館に向かって、ぶらぶら歩き始めると、涼やかな風が髪を揺らした。ベンチに座ると、一人だという実感が湧いてくる。大都会の真ん中でただ一人……向かい側のベンチにも、自分と似たような年代のサラリーマンが座ってスマホを眺めている。遠くに華やかなライティングのイタリアンレストランが見える。それはどこか、最終電車を待つホームに似ている。電車を待って明るいホームに立つ人たちは、みなそれぞれ何がしかの不安や焦りを胸に秘めながら、互いにその気持ちを交換し合うことはない。それぞれがそれぞれの思いを抱えたまま、同じ電車に乗り込み、ただ運ばれていく。

ざあっと銀杏が一斉に揺れた。振り仰ぐと、群青色の空に溶け込んだ銀杏の葉がこちらをじっと見下ろしている。昔、再放送で見たトレンディドラマのラストシーンで、主人公たちが一列になってこの並木を歩いていた。あの子はこの子が好きで、この子は別の子が好きで……確か大学のボート部の仲間、だった気がする。それから、いや違う、と思い直す。確か最後、主人公は一人きりでこの並木道を歩いていたのではなかったか。そしてこんなことを言うのだ。

「私はすみれの花のようになりたい。誰かが倒れそうな時、誰かが泣き出しそうな時、そっと支え合う。すみれの花になりたい」

そうだ。「すみれの花になりたい」……主人公の言葉に、若かった自分は感激し、涙を流した。いつか自分もそうなるんだ、と、銀杏並木のラストシーンを見て心に誓った。だが、と思う。今の自分は何だ。父の復讐を期して飛び込んだ世界で、誰の役にも立っていないばかりか、自立もしていない。本当はわかっている。この心もとなさがどこから来ているのか……三波が離れていくことが、不安で仕方ないのだ。同じ電車に乗っていたはずの三波が、先にどこかの駅で途中下車してしまうことを怖がっている。自分も降りるべきなのか、目的地がどこなのか、何もわからない。

勢いをつけて立ち上がり、歩き出す。神宮外苑にバッティングセンターがあったはずだ。こういう時は、思い切りバットを振るに限る。カープファンの父親とよく空き地でキャッチボールをした。佐々岡真司が好きで、引退したあとも、同じ十八の背番号を受け継いだ前田健太を応援していた。

「今年こそ、開幕ダッシュ、鯉の季節、首位独走じゃ！」

そんなことを叫びながら、父は一球一球、力をこめて投げた。

父の死後、広島の実家には法事の時以外ほとんど帰っていない。今実家は空き家になっている。叔母夫婦が施設にいる母を時折訪ねてくれているようだが、母はきっと「あの子は一体いつ結婚するんかねえ」などとつぶやいているに違いない。そんなもの問いたげな目に出会うのが億劫で、故郷から足が遠のいている。以前まで、毎年お盆には「父の墓参りも兼ねて帰ってきんさい」と母から手紙が来ていたが、それも途絶えた。

力をこめてぐい、とバッティングセンターの扉を押すと、中から革のようなにおいを含んだ生暖かい空気が流れ出てきた。

§§

「ない、ない、ない……」

さっきから北須賀がブツブツ言いながら、自分のかばんやら机の中やらをごそごそかき回している。

「ちょっと、どうしたんですか。取り憑かれたみたいに」

北須賀が初めて彩の存在に気づいたというように顔を上げる。がらにもなく、真っ青だ。

「なんか、ものすごく顔色悪いですよ」

北須賀はそのまま何事もなかったかのように、再び捜索活動に戻った。

「何捜してるんですか。私も一緒に捜しますよ」

横からのぞきこむと、北須賀と至近距離で目が合った。

「うわ」

彩がのけぞる。血走った目を見開いた北須賀は色白もあいまって吸血鬼の特殊メイクを施したみたいだ。そのまま北須賀が彩の腕を引っ張って大部屋の外に連れ出す。

「ちょ、なんですか、一体」

「……ないんだよ」

「だから、何が？」

「……遺書」

消え入りそうな声で北須賀がつぶやく。

「え？」

「森山さんの遺書」

「うそ⁉」

彩が目を見開くと、北須賀がしーっと指を口に当てる。

「やばいじゃないですか！」

「やばいんだよ」

「記憶は？　いつまで持ってた、とか、どこに入れてた、とか……」

「誰かに持ち出されたり、外部に流出するとまずいと思って、かばんに入れてた」

「抜いてどこかにしまったってことは？」

「ない」

「じゃあ、かばんの中以外あり得ないじゃないですか」

「それがないんだよ」

「いつからですか？」

「昨日の昼はあった」

「見たんですか？」

「サイドの内ポケットに入れてて、財布入れてるとこの隣だから、昼飯で財布を出す時にあるのが見えた」

「じゃあ、どこかで落とした？」

北須賀がふるふると首を横に振る。内ポケットだ。落とすというのは考えにくい。

「盗まれたってことは？」

「それはない……と思う。隣の財布は無事だった」

「そこに遺書が入っていることを知っている人は？」

「俺だけ」

「本当に？」

「俺しか知らない……と思う」

北須賀の自信なさそうな物言いに、一つの疑念が湧き起こってきた。昨夜、北須賀と一緒にいた人物。酒が入っていた。フリーフローのシャンパン。とりばんばで見る限り、北須賀はそんなに酒が強い方じゃない。明石と同程度だろう。五、六杯飲んだら、酔っぱらって遺書のことをしゃべっているかもしれない。ありかをしゃべることまではしなくても、今持っている、くらいのことを言ったかもしれない。そしてトイレに立った隙に……

そこまで想像し、即座に打ち消す。まさか、三波がそんなことをするはずはない。三波が北須賀のことを好きだと言った時の表情にうそは感じられなかった。それとも、だまされていただけなのだろうか？　三波は最初からこれが目的で……

「あの、昨日の晩、あの店で森山さんの話、出ましたか？」

「いや、出てない……と、思う」

さらに自信をなくした風情の北須賀に思わずため息をつく。

「つまり、覚えてないんですね？」

北須賀が小さくうなずく。

「何杯飲んだんですか？」

「二、三杯……かな」

「もっと飲んでますよね」

「三、四杯だったかも……」

これはもっと飲んでいると見た方が良い。つまり北須賀は三波と何をしゃべったかもよく覚えていないのだ。

「北須賀さん、大事なものを預かる立場で、情けないです」

苦言を呈し、北須賀を解放する。とにかく事は一刻を争う。三波がもし遺書を入手していたとしたら、とっくに上司の手に渡り、原稿を書き始めている頃だろう。

「今日の東知新聞に、何も出てなかったですよね？」

「出てない、出てない」

彩の剣幕に怖れをなしたのか、北須賀があわててぶんぶん首を振る。

「ちょっと、はずします」

エレベーターで金融庁の一階まで降り、外に走り出る。中の人間に会話を聞かれたくない。金融庁のまわりには、財務省や会計検査院など官庁が多く、どこに耳があるかわからない。ビルに囲まれた中庭に出て、誰もいないベンチを探して座る。不安にどす黒く曇った彩の心中をあざ笑うかのように、空は見事な五月晴れだ。

スマホを取り出し、三波の番号を呼び出す。何コールかして、留守電に切り替わる。何度かけても同じだった。電話に出ようとしない三波に、疑念が募っていく。十数回かけたところであきらめ、ＬＩＮＥの画面を開く。

『三波へ
北須賀さんから大切なものを預かっていないでしょうか？

もしそうだったらとても困っているので、すぐに返してください。
連絡待っています。
本当に本当に困っているので、お願いします。

彩』

できるだけ刺激しない言葉を選んだつもりだったが、入力しながら怒りが膨らんでくるのをおさえられなかった。送信し終わってから、もっと激しい言葉にすれば良かった、と後悔する。

もし三波が遺書を持っているのだとしたら……それは、盗んだも同然だ。そして、もしそれが目的で三波が北須賀に近づいたのだとしたら、うそをついて彩を利用したことになる。でも、あの時の三波の目。本当に純然たる恋心なのかもしれない……

心の中で堂々めぐりをしながら大部屋に戻ると、北須賀が飛びかからんばかりの勢いでやってきた。

「ごめん、あった!」

絶句して立ち尽くす。

「このかばんさ、ほら、知らなかったんだけど、こんなところにポケットあるんだよ」

かばんの外についた外ポケットにファスナーがついている。

「……そこにポケットがあること、知らなかったんですか？」

「うん。知らなかった、というより認識していなかった」

無邪気な顔で答える北須賀に怒りがこみ上げる。

「だったら、なんでそこに入ってたんですか？」

「そこなんだよ。なんでだろう……酔っぱらってたからかなあ」

「しっかりしてください！」と怒鳴りたくなるのを必死にこらえる。もし単に北須賀が酔っぱらっていつもと違うところにしまった、ということだったら、無関係の三波を疑って、濡れ衣を着せたことになる。だが、とも思う。酔っぱらっていつもと違うところにしまう？　ということは、一旦遺書をかばんの外に出したことになる。一体何のために？

「ファスナーって閉まってました？」

「ううん、開いてた」

「ファスナー閉める派ですか？」

「そりゃズボンのファスナーは閉めるけど……」

「ボケるの、やめてもらっていいですか」

「かばんのファスナーって普段閉めないよなあ。でも、こいつを入れるんだとしたら、落としちゃまずいから閉めるよな、普通」

「『普通』って、一般化しないでください。あなたのことです！」

「そう怒るなって……」

早まって三波にメッセージを送ってしまったことを後悔する。もう一度、先ほど送ったメッセージを確認する。これなら大丈夫か、とも思う。三波のことだ。仕事の手が空いたら電話してきて、「大切なものって何？　そんなの預かってないよ〜」と明るく笑うに違いない。

§§

その日は仕事にならなかった。スマホをのぞいてばかりで、何も手につかない。結局、三波からの連絡はなかった。

早めに退勤して自宅にたどり着くと、居間のテーブルの上にメモが載っていた。

「しばらく出張で空けます。三波」

鼓動が速くなる。何かが起きているという予感がする。三波が出張に行くこと自体は珍しいことではない。社会部記者というもの、あちこち取材に出かけるし、大事件が起これば出張が一、二週間に及ぶこともある。でも、彩のメッセージに返信しないまま、テーブルにメモだけ置いていく、というのはどう考えても普通じゃない。

いつかこんな日が来るのではないかと、ずっと心のどこかで恐れていた。金融庁の中途採用が決まった直後、大学の同窓会で久しぶりに三波に会った。広島から東京に戻ると告げると、「ちょうどルームメイトが結婚して出てったところだから、うちに来ない？」と誘ってきた。渡りに船、とばかりに飛びついてしまったが、マスコミと同居することの危うさを、もっと真剣に考えておくべきだった。一人の居間はがらんとして寂しい。何か作る気もせず、外に行く気力も起きず、椅子に座って三波のメモを眺める。その時、スマホが震えた。職場の固定電話からだ。香月です、と緊張した声を出すと、北須賀だった。

「東知新聞から長官室に当たりがあったそうだ。調査中、で押し切ったらしいが、森山さんの件、あすの朝刊に載るらしい」

「うそ……」

思わず立ち上がる。

「これから来られるか？」

「はい、すぐに行きます！」

床に置いたばかりのバッグをつかんで飛び出した。やはり、悪い予感が的中した。三波は遺書を見た。見ただけでなく、スマホで撮影したかもしれない。北須賀が酔っぱらって寝ている間にそっと遺書を取り出し、またかばんのポケットに戻した。北須賀が起きた場合のことを考えて、かばんの外ポケットにした。かばんの中に手を突っ込んでいれば疑われるかもしれないが、外側を触っているだけなら、ちょっとどかしただけです、と言えば済む……

だが、三波が遺書を探りあてたということは、北須賀はそれを持っていることをしゃべってしまったということだ。酔っぱらった北須賀はどこまで話したのだろう。どうしてマスコミを相手に深酔いしたりするのか。いや、それを言うなら、北須賀にマスコミの人間を引き合わせた自分も同罪だ。脇が甘すぎる。三波の言うことを真に受けて、こんな時に北須賀と食事させるなんてバカもいいところだ。どうして自分はいつもこうなんだろう……

電車に揺られながら、自己嫌悪で吐きそうになる。金曜日ということもあって、車内には酔客が多く、座席はいっぱいだ。駅に止まり、目の前の席が空いた。ふっと倒れこみそうになったが、隣に立っていた高齢の女性が腰をかがめたのを見て、思いとどまる。片手に杖、片手に大きな布製の袋を提げ、疲れた表情だ。その時、ホームから飛び込んできた女子高生がすばやい身のこなしで目の前の座席に体をすべりこませた。制服のミニスカートから突き出た太ももは張りがあり、車内のライトを照り返している。かばんの上に載せたスマホに熱中している。「あのね」と声をかけようとして、女子高生の耳にワイヤレスイヤホンが挿さっているのを見てあきらめる。みんな、自分のことばっかり……心の中で毒づいてみる。お気に入りの小さな画面だけをのぞき、外界からの音を遮断して自分の世界にこもる。こんな毎日を送っていたら、誰しも自分のことしか考えなくなるのは当たり前かもしれない。それぞれの個が、ただ一つの点としてのみ存在する世界。つながっていると思っているのは、ただ顔の見えない群衆のかたまりで、実体なんてない。本当はみんな、孤独な一つ一つの個体が切り離されて宙に浮いているにすぎない……透明なキューブが曇り空に無数に浮遊しているさまを思い浮かべる。別々のキューブの中に、三波も自分もいる。決して交わることはない。これまで一緒に過ごした六年間は、すべてまやかしだったのか――

§§

土曜日、眠れないまま朝を迎え、新聞配達が使う原付の音が遠ざかると、新聞受けに走った。玄関先で立ったまま東知新聞の社会面を開く。左面の隅に小さく森山の死を伝えるベタ記事が載っているが、遺書については触れられていない。

メッセージの着信音が鳴った。北須賀だ。

『遺書については書いてないな』
『ないですね』
『見てないってことか』
『そんなはずないと思います。三波も帰らないままですし……』
『盗み見ただけじゃ信憑性（しんぴょうせい）が疑わしいってことか』
『たぶん。もっときちんと裏が取れた時に書くってことじゃないんでしょうか』
『じゃあ、けさの記事は軽いジャブ……宣戦布告ってとこか』

宣戦布告……北須賀の言葉がずしんと響く。東知新聞は、三波は、これから本腰を入れて取材に乗り出すだろう。北須賀と彩の調査の方が早く、先回りして封じることができれば勝ち、東知にすっぱ抜かれて事が世間に公表されれば負け、霞が関の理屈ではそうだ。だが、もしも森山の死の陰に、何か良からぬことが隠されていて、それが世に問うべきことだった場合、本当にそれでいいのだろうか……官僚を指す「公僕」という言葉は、公に資することを優先するということではないのか……その時、自分はどうするのだろう。

食卓の椅子に座ったまま、とりとめもなく考えをめぐらせていると美穂からメッセージが届いた。

『ネットで見たんだけど、森山さんの記事、出てたね。特に突っ込んだ内容じゃなくて良かった。それはそうと、彩ちゃん、今日なんか予定ある？』

『いえ、特に……』

『じゃあ、気分転換にセミナー行かない？　テーマは「銀行の未来」。大曲君の誘いなの。彩ちゃんも一緒にどうかって。勉強になると思うよ』

大曲とは昨夜、北須賀と共に今後について話し合ったばかりだ。総理と遺族、それぞれに北須賀と彩が当たった感じでは、自死の背景について情報が得られる可能性は低い。となると、森山の遺品を当たるしかない。まずは金融庁で森山が使っていたパソコンにアクセスし、何か手がかりが残されていないか探る。それができるのは、こうしたことに精通している大曲しかいないが、大曲は森山審議官の件を担当するよう金融庁から指示を受けているわけではないので、バレれば懲戒ものだ。危険を承知で引き受けてくれた大曲の誘いを断わるわけにはいかない。

『はい、行きます』

『じゃあ、十時に帝都ホテルで』

体が重いが、こんな時に家にこもっていると余計気分が落ち込みそうだ。早晩、色々なメディアが東知の記事を追いかけ始めるに違いない。それを気にして、一日中スマホやテレビと首っ引きになることは目に見えていた。よいしょ、と声に出し、立ち上がるとキッチンに立った。一人きりの朝食は久しぶりだ。とりあえずコーヒーを淹れようと湯を沸かす。食器の洗いかごに伏せられたままの三波のマグカップが目に入る。黄色い大きな目玉のキャラクターがこちらに向かって笑いかけている。小さくため息をつくと、食器棚から三波とおそろいのマグカップを取り出して、そっとテーブルに置いた。

§§

「銀行の未来」と題されたセミナーの会場は、丸の内の一等地にある帝都ホテルのボールルームだった。入り口の重い観音開きの扉をホテルマンがうやうやしくお辞儀しながら開けてくれる。

「あれあれ。今をときめく五島舜二」

会場に入ると、美穂がささやいた。濃紺に白い縦縞の入ったスーツに、中は真っ白なTシャツ。いかにも今をときめくスタートアップ企業の経営者、といった風情だ。三百人は入れそうな広さだが、会場を見回すとほぼ満席だ。資金力と集客力に思わずうなる。遅刻してきたので、三人並びの席を取るには、ステージの前しか空いていない。仕方なく、腰をかがめて最前列に座る。

「……いいですか、銀行員は、あと十年もしないうちにその九割以上が姿を消しているでしょう。需要がなくなるんです。銀行もとことん再編されて、最終的に残るのは地銀も含めて十行。そのうちメガは二行でしょう。現在、半分以上の銀行が複数年にわたる赤字経営、明らかにオーバーバンキング、銀行過剰の状態です。アップルが後払い決済サービスに乗り出したのをご存じですか？ 貸し手として得られる顧客情報とともに、Apple IDから得られる顧客のビッグデータを組み合わせて、我々の生活のすみずみにまで入り込むことができる。つまり『バンキング・アズ・ア・サービス』、サービスとしての銀行を提供することができるんです」

「後払いが癖になって借金漬けの若者が出てこないといいけど……」

隣に座る美穂が小声でささやく。確かに、金融についてまだよくわかっていない若者がこうしたサービスを多用し、後先考えずに商品を買いまくり、結果的に借金まみれになったり、債務不履行に陥ったりしかねない。

「若いデジタル世代は、みんなネット銀行を使うようになるでしょう。交通系ＩＣやクレジットカード、インターネットバンキングを組み合わせてシステムを作れば、送金手数料は十円もかからない。メガバンクだって太刀打ちできません。一方、この波に乗り遅れた銀行は、相変わらず待ち時間ばかりが長い窓口で現金を扱い、高い手数料は取るけれど、利益率は高くない、という泥沼にはまっていくわけです。つまり、これからの牽引役は我々のような新興勢力なのです！」

闊達なしゃべりと、派手なジェスチャー。聞いているうちに、その通りだ、と立ち上がって叫びたい衝動に駆られる。まるで新興宗教のような不可思議な吸引力……。美穂の向こう側に座っている大曲を見ると、真剣な顔で五島を見つめている。もともとフィンテックのような新しいものが好きな大曲のことだ。すっかり魅了されているのかもしれない。


「なんだか疲れましたね」

ホテルを出て彩がため息をつくと、美穂も大きくのびをした。

「ほんと、おなかすいちゃった。ランチしてこうよ」

大曲に言う。

「……はい」

うわの空の大曲に、美穂が軽く肩をすくめてみせる。

「じゃあ、女子チョイスでいこ」

二人で飲茶（ヤムチャ）を出す店に入り、勝手にコースを三人分頼む。点心が四皿ついて千円。都心の一等地にしては良心的な価格設定だ。

「日本はいいよね、物価安くて。フライトでパリとかロンドンとか行くとさ、ひからびたバゲットにぺらぺらのハムが挟まった固～いサンドイッチと水だけで二千円以上するから。日本はほんと、いい国よ」

「そこがダメなんですよ」

　突然、これまで黙っていた大曲が憤然とした口調で割り込んできた。

「物価が安い、賃金が安い、労働者に還元されないから消費意欲が湧かない。物価を上げられない。企業が我慢する。設備投資できない……ずっとこれの繰り返し。結局新たな産業も育たないまま、ゾンビ企業だけが守られて、半死半生のまま生き続ける……こんな国でいいのか？　銀行だってそうです。営業スキルのアップデートをしないまま、口では『地方を元気に』とか言っときながら、結局は投信売って、保険売って、ってそんなことばっかりやってる。だから若者の離職率も三割に達してる。地元の町おこしがしたい、って希望に燃えて就職したのに、ノルマに追われて地元の人に無理矢理、金融商品売りつけて、売る相手が底をついたら終わり、焼き畑農業ですよ。だから夢破れて、ノルマのない県庁とか市役所に逃げこんじまう。いつまでたってもこんな風じゃ、日本は変わらない！」

「ちょっと、どうしたのよ。突然興奮しちゃって」

　美穂が大曲を気持ち悪そうに見る。

「ノルマって言葉の語源、知ってますか？」

「……知らないけど」

「もともとはロシア語で、『労働の基準量』って意味なんですよ。戦後、シベリアに抑留されてた日本軍人たちが持ち帰った言葉です。ラーゲリ、強制収容所で働かされてた捕虜が一日にこなさなきゃいけない肉体労働って意味です。つまり金融機関は強制収容所で、経営陣は看守、行員は囚人ってことです。他の日本の会社だって似たり寄ったりでしょう。ノルマなんて課したら、脱獄したくなるのは当然です」

「そんなこと言ったって、日本が長年にわたって培ってきた企業文化だもん。そう簡単に変えられないでしょ。特に金融業界は図体デカいんだし、ちょっとやそっとじゃ革命は起きないよ」

美穂がしらけた顔で言う。

「さっきの五島、あいつは本気で金融革命を起こそうとしてるんです。既存のフィンテックはせいぜい家計簿アプリを提供するくらいで、ユーザーのニーズに応えられてない。五島がこないだ相談してきた『マネーオール』とかいう決済システムは画期的でした。あれさえあれば、自分が持ってる複数の銀行をまたいだ入出金ができて、自分のカネの流れがすべて把握できる。問題は手数料です。これをやると銀行はただの土管になっちまう。銀行は大切に集めた顧客データをただでは使わせない。何十円っていう手数料を取ってる。これがネックなんですよ。残高照会するために銀行に高い手数料を払うことになるんです。そうなると、月額の使用料が五千円とか六千円とかになっちまって、ユーザーにうまみがない。だから……」

そこで大曲は突然血相を変えて立ち上がった。リュックをつかみ、大きな体をソファとテーブルの間にねじこんで席から出ようとしている。

「ちょ、どしたの?」

美穂が驚いて大曲を見る。

「大曲さん、もうすぐランチ来ますよ」

「ごめん、ちょっと急用……」

あっけにとられる美穂と彩を置いて、大曲は転がるように店を出て行った。

「どしたんだろ」

「大曲さんが食べ物を前に消えるなんて、天変地異起きますね」

「だね」

美穂は唇に人差し指を当ててた。何かを考える時の癖だ。

やがて点心が届くと、「ま、大曲君の分もありがたく頂戴しましょ」と言いながら、せいろのフタを二つ、一気に開けた。盛大に上がった湯気の向こうに、一瞬三波の顔が見えた気がして目を凝らす。だが、湯気の消えたあとには香醋(こうず)を差し出す美穂の笑顔だけがあった。

§

「北須賀いるか?」

大曲が大汗をかきながら大部屋に飛び込んできたのは、その三日後だ。ちょうど北須賀が彩と立って打ち合わせをしていたところだった。

「北須賀、おまえ、中国語選択だったよな?」

「あ?」

「四声がちっとも覚えられんとか言って、再々履修まで行っただろ」

「……黒歴史をほじくるな」

北須賀が苦い顔になる。

「違うんだよ。中国語のクラスに川窪っていなかったか?」

「川窪って……弁護士になった川窪康二郎か?」

「ビンゴ。さすが博覧強記。おまえあいつと仲良かったよな?」

「仲いいっていうか、ノート見せろよ、っていうと素直に見せてくれる、みたいな?」

「……舎弟かよ。まあなんでもいいや。とにかくそいつに連絡取ってほしいんだ」

「あ? もう十年以上連絡してないぞ」

「いい、いい。旧交を温めるってことで、今すぐ飲みに行け」

「今すぐって……なんでだよ」

大曲はそこで初めて自分が大部屋の真ん中にいることに気づいたように、北須賀を引っ張って部屋から連れ出した。彩もなんとなく気になってついていく。廊下で周りに人がいないことを確認すると、大曲が小声でささやくように言う。

「川窪、時任総理個人の顧問弁護士やってんだよ」

北須賀の顔色が変わる。

「川窪、資格マニアだったろ? 会計士、税理士まで持ってるらしい」

「物好きだな」

北須賀が鼻で笑う。

「いやいや、笑うなって。そんな変わった趣味のヤツ、そうそういないだろ。だから時任さんが召し抱えてるんだ」

「つまり、総理個人の家計簿に通じてるってことか」

「その可能性があるってことだ」

大曲がまじめな顔でうなずく。

「本丸に近づけない以上、側近からいくしかないか……だけど、飲みに行ったくらいで口割らないだろ」

「……まあそうだな」

「川窪、結婚してるんだっけ？」

「いや。年賀状はいつも単独で来てる」

「おまえ、年賀状なんて時代錯誤なもの、まだやってんのか？」

北須賀があきれたように言う。

「毎年、クラス全員に出してるんだ。日本郵政につぶれてほしくないからな。民営化最後まで見届けないと」

「いやいや、フィンテック室管理官はオンラインでやれよ」

「本題はそこじゃないだろ」

大曲がささやき声で気色ばむ。

「独身なんだったら、またあの手でいくか」

北須賀が彩の方を振り向く。またも嫌な予感……

「おまえもそのつもりでついてきたんだろ？」

「は？　北須賀さんとの打ち合わせが途中だったからですけど」

「そっか、彩ちゃんが行く。そりゃいい！」

「……良くないです。総理に不正なお金が流れてないか訊くなんて、絶対無理です」

「ちゃんとミッション把握してるじゃん」

北須賀が笑う。

「さすが、彩ちゃん」

「だけど確かあいつ、好みうるさかったぜ。渋谷に放（はな）っても、美人ばっかり狙うからいつもカラ振りで帰ってきやがった」

「……鵜飼（うかい）いかよ」

大曲が渋い顔で言ってから、さらにつぶやく。

「ってことは美穂さんか」

「だな」

北須賀と大曲が深刻な表情で顔を見合わせる。

「ちょ、ちょっと待ってください。森山さんに関連することなら、北須賀さんと私のチームでやるべきです。美穂さんはこのことに巻き込んじゃいけないと思います」

「おっ、香月やる気あるじゃん」

「さすが彩ちゃん、そうくると思ったよ。じゃあ、まかせた」

「あいつウンチク長いけど、頑張れよ」

深刻な表情から一転、二人がぱっと笑顔でこちらを向いた。しまった、見せかけだけのカブキだったか……と思ったがもう遅い。一度啖呵を切ったからには、やるしかない。実際、東知新聞が虎視眈々と獲物を狙っている中、むやみに美穂を巻き込むことは避けたい。こういう時は誰か一人は生き残れるようにしておくべきだ。渋々恨めしい顔で首を縦に振ると、北須賀が手を組みながら芝居がかって大きくうなずいた。

§§

北須賀の忠告通り、川窪のウンチクには終わりがなかった。活発に箸を動かし、たこ焼きを次々口に放り込みながらよく食べ、よく飲み、こちらにはまったく関心がないことを延々としゃべる。弁護士や税理士、会計士資格などを複数取得したというだけあって、同時にいくつものことをこなすことが苦にならないらしい。

「……だからさ、政治資金規正法の大改正がおこなわれたのって、リクルート事件とか佐川急便事件が発端なんだよ。政治家個人への莫大な政治献金が政治をゆがめてるって反省からだよね。でもあれから三十年。今や完全にザル法と化してる」

ようやく関心の持てる話題になると、彩は身を乗り出した。

「どういうことですか？」

「今の政治資金規正法ってのは、政治家個人への企業とかからの献金は禁じてるんだけど、政党支部に対してはオッケーなんだよ」

「政党支部って、あの地元の選挙区にある事務所みたいなやつですよね」

「そうそう。政治資金団体だよな。そこが事実上、政治家個人の財布の役割を担ってる」

「政党支部への献金ってどのくらいできるんですか？」

「最大一億までオッケー」

「一億⁉」

「な？　ザルだろ。今や、『政治家個人に対する企業・団体献金の禁止』なんて法律の目的はまったく機能してないんだよ」

「だったらすぐ変えないと」

川窪が口の端をゆがめて笑った。どこか人を小馬鹿にするような笑い方で、居心地の悪さを覚える。

「彩ちゃんさ、金融庁入って何年？」

「七年……ですけど」

「いつまでそのウブな感じが保てるか、見ものだな〜。ずっとそばで見ていたい、って言ったら怒る？」

「……い、いや、あの、っていうか、そもそも政治資金規正法がザル法化してるなら、即座に変えるべきかと思いますけど」

必死で話を元に戻す。

「あのね、法律作ってるのは誰ですかってことよ。政治家が自分にとって都合のいい法律を変えようとするわけないでしょ。みんなわかってて、わざと見逃してんの」

「だったら官邸主導で……」

「あのね、時任さんだっておんなじなの。自分で受けちゃまずい献金、全部、政党支部通してるよ。政治はさ、そうやって回ってんの。だから、誰が総理になっても同じ。なんにも変わんないの」

「自分が受けちゃまずい献金って例えばどんなものですか？」

「そうねえ、彩ちゃんがもう一杯飲んでくれたらしゃべっちゃおっかな〜」

「飲みます、飲みます」

即座に目の前のシャンパンを一気飲みする。

「おお〜、いい飲みっぷりだねぇ。じゃあ僕も」

川窪も自分のグラスを干した。胸ポケットのＩＣレコーダーが回っているか確認したいが、引っ張り出すわけにはいかない。ちゃんと作動していることをひたすら祈る。

「で？　まずい献金ってなんですか？」

川窪が自分のスマホをいじり始めた。

「この人知ってる?」

胸が一つ、どくんと拍動する。

「五島舜二、ですよね」

「こいつがやろうとしてる『マネーオール』ってサービス、あれ、銀行手数料の壁にぶち当たってんのよ。そういう岩盤規制を壊す一番の武器、なんだか知ってる?」

「……お金、ですか」

「ご名答。わかってきたねえ~。今さ、おたくらが進めてる一大プロジェクトあるじゃん」

「一大プロジェクト……ああ、東京を国際金融センターにしようって構想ですか?」

「それそれ。NISAとかiDeCoとかケチなやつじゃなくて、もっと大胆な税制優遇措置をつけるサービス作ろうとか言ってるじゃん。なんたって我が国には二千兆円の個人金融資産が眠ってるからね。で、その手段として、金融資産を一括管理できる『マネーオール』は便利なわけよ。だから政府としても推し進めたい。でも、銀行が言うことを聞かない。フィンテックに理解のある政治家は、手数料なんてケチなこと言ってないで、ただでつないでやれって言ってるんだけどさ、銀行としてはそんなこと許すわけないわな。そこでだ、メガバンクにものが言えて、岩盤規制も指先一つで変えられる人と言えば……」

「総理、ですか」

「一番手っ取り早いでしょ。そこで、五島君は考えたわけよ。京大からハーバードの秀才君だから、スタートアップの経営者といえども、腕のいい弁護士つけてる。総理本人に献金するんじゃなく、政党支部ならオッケーだよね」

「でも、最大一億の献金なんて、総理だったら政治資金パーティー開けば一発、みたいな額じゃないですか。あんまり効果ないんじゃないですか？」

「まあね、だからそれだけじゃないんじゃない？」

「他にもあるんですか？」

彩が身を乗り出すと、川窪は野卑な笑みを浮かべて顔を近づけてきた。

「こっから先は、もっといいご褒美くれないとダメだな〜。彩ちん、意外とお酒強いみたいだしぃ」

「いや、ご褒美とか、マジで意味わかんないですから」

川窪がさらに顔を近づけてくる。

「あの、もう遅いですし、今日はこれで……」

あわてて席を立つと、川窪が腕をつかんできた。

「ええ〜、まさかこれで帰るとか、言わないよねぇ。ちょっとお会計してくるから、待っててよ」

川窪が危うい足取りでレジに向かうのを見届けると、彩は財布から自分の分に少し足した額をカウンターに置き、逃げるように店を後にした。

§§

「それで、おまえ帰ってきちまったのかよ？」

「いや、だって本気でやばそうなにおいがしたんですもん」

「もうちょっとで訊き出せたかもしれないのに……」

北須賀が残念そうな顔で言う。

「いや、十分すぎるくらい訊いてくれた。あとはこっちでなんとかするよ」

大曲が何かを考える顔で言う。

「五島の弁護士とは『マネーオール』の話の時に何回か会ってるし」

「おまえが訊いたって何もしゃべらないだろ」

北須賀の言葉に、大曲がにやっと笑う。

「フィンテック室をなめんなよ」

「おう。お手並み拝見といこうじゃないか」

「北須賀、おまえは官邸まわりや金融庁の上を探ってくれ」

「わかった」

「私は……」

「おまえはそろそろ大田原に戻れ。つばさの件とか、まだ片付いてないだろ」

北須賀の言葉に、素直に頭を下げる。

「はい、ありがとうございます」

さっそく廊下に出ると、スマホで永和銀行の番号を呼び出した。

§§

「香月さん遅くなってすみません！」

戸樫航平（とがしこうへい）が走ってきた。

「あ、大丈夫です。私も今来たところですから」

「車、そこの横道に置いてるんで、ついてきてください」

戸樫は永和銀行から送り込まれてきた若手の行員だ。「選りすぐりの行員」を数名、という北須賀のオーダーに対して、永和が送り込んできたのは、この三年目の戸樫航平ただ一人。まじめにやる気があるのか、と怒りたくもなるが、仕方がない。どこも人手不足なのだ。日々の業務を回していくだけで精一杯なのだろう。

配食センターつばさに向かう途中、戸樫が運転しながら嬉しそうな顔で言う。

「なんか最近僕が担当している会社、株上がってるんですよね。毎日見るのが楽しみなんです」

「へえ、なんていう会社ですか」

「大田原自工、自動車部品作ってる小さな企業です。社長とか、ほんと田舎の頑固オヤジって感じで地味な会社なんですけどね」

「よく上場できましたね」

「すっごく優秀な番頭さんがいるんですよ。社長さんは数字とか全然ダメなタイプなんで、経営はその有能な専務が一手に取り仕切ってるんです」

「どのくらい上がってるんですか」

「それが、結構びっくりするぐらいの値上がり幅で、ここ二週間で十二%近く上がってるんですよ。僕の上司とか、『やっぱり金融庁のご指導のたまものかなあ』なんて喜んでますよ」

ぎょっとする。単純に喜ぶにはおかしい数字だ。二週間で十二%近い値上がり……どう考えても妙だ。我々が永和銀行に来たのはたかだか二週間前で、まだ何の成果も出していない。その値上がり幅は明らかに不自然だ。何か別の力が働いているとしか思えない……何だろう。嫌な予感がする。株価が通常と違う妙な動きを見せる時は、「何かがある」時だ。その「何か」が何なのかがわからない。鼻歌をうたい出しそうな戸樫の顔を見ながら、胸の中に灰色の靄(もや)のようなものが広がっていく。戸樫の担当であって、自分には関係ないことだ、そう思ってみても、気になって仕方がない。

考え込んでいるうちに、配食センターつばさに着いた。

小さな事業所に入ると、中は意外と広々としていた。清潔に磨き上げられたステンレスの調理台の前で仕事をしているのは、六十代から七十代の女性ばかり六人。代表の小塚章子がエプロンをはずしながら出てきて、戸樫と彩にお辞儀する。

「今日はこんなところまでわざわざすみません」

恐縮したような顔で言う。

「先日保育園に伺ったら、つばさの給食おいしいって、子どもたちに大人気でしたよ」

彩が言うと、小塚は嬉しそうに目を細めた。

「まあ、嬉しい。子どもたちに喜んでもらえたら、それが一番です。定番のものでも、ちょっと工夫して子どもたちが野菜をおいしく食べられるようにとか、はやりのタコスみたいなものを取り入れたりとか、色々頑張っているんですよ。食材や調味料も地元の商品にして、安全安心なものを使うようにしているんです。最近はアレルギーのあるお子さんも増えているので、個別のメニューにも対応するようにして……でも、保育園の契約は、市の決まりでもう終わりなんです。一つのところにたくさん届けられる保育園のようなお客様は本当に助かってたんですけどね」

「けっこう広いんですね」

彩が事業所内を見回す。

「私らは、安心で安全な食事を地域のお年寄りや子どもたちに届けたいと思って四人の主婦で始めたんです。そのうちに高齢者の一人住まいがどんどん増えて、配食サービスを必要とする方が多くなってきたんで、今はパートも含めて十三人でやっています」

一日に四百食あまりを提供しているが、ここへきて物価高騰による原材料費の値上がりとガソリン価格の高騰による配送コストの上昇とが直撃し、続けること自体が厳しくなっているのだという。

「高齢者のお宅へは一軒一軒届けなければならないですし、玄関までお弁当を取りに来られない方も多いので、おうちに上がらせていただいてお客様に手渡しするんです。安否確認も兼ねているので、けっこう時間がかかるんですよ」

「お客様としては、配達の方も顔見知りの方が安心でしょうしね」

「そうなんです。そこの植木に水やって、とか、そこのカーテンレール直して、とか、瓶のフタ開けて、とか、ちょっとしたことを頼まれたりもするので。お弁当を作り終わったら私たちも配送に出るんですけど、体もきついし、仕事も回らなくて……こないだなんてたまりにたまったゴミ袋が玄関をふさいで中に入れなかったので、まずはゴミ出しからやったスタッフがいて、翌日は腰を痛めてしまって出勤できませんでした」

小塚が苦笑いする。

「人手不足もあって本当に大変ですよね。台所事情は厳しいですか？」

「ええ、今期はかなりの赤字でした。永和銀行さんにもお金を貸し渋られるようになって……今は自転車操業しているような感じです」

弱り切った顔で小塚が言う。

「私たちも、色々な改善案を一緒に考えたいと思っています。どうぞお知恵をお貸しください」

彩が頭を下げると、隣の戸樫があわてて後に続いた。

つばさを出ると、駅の駐車場に車を停め、そばに一軒だけぽつんとある喫茶店に入った。戸樫がナポリタンとアイスコーヒー、彩がホットを注文すると、水を飲みながら戸樫が言う。

「なんか、働いてる人、みなさん六十アッパーって感じでしたね」

「調べてみたら、平均年齢が六十三歳から六十四歳だった。一軒一軒配送するの、大変だよね。配送の外注化を検討した方がいいと思う。外注の人でも、そのうち顔見知りになれば親近感湧くだろうし」

「製造原価の高騰も厳しそうでしたね。クックチルにするとか？」

クックチルとは、加熱調理したあとで急速冷却して食べる時に再加熱することを指す。彩もつばさの件を調べるまで知らなかった。人手不足だが人件費はかけられない、という時によく使われるシステムだが、焼き物や揚げ物、炒め物など、一部のメニューとの相性が悪く、再加熱した時に味が落ちてしまうデメリットもある。

「それはやりたくないんじゃないかなあ。安全安心でおいしい手作りのものを、って始めたわけでしょ？」

「じゃあ、やっぱり融資額を増やすのが先決ですかね」

「う～ん、長い目で事業を存続するには、ただ銀行からの融資額を増やせばいいってもんじゃないんだよね。社会的に意義のある事業だから、バランス取れてればいいって感じで、今のところ利益は全然出せてない。それだと続かないよね。今後は高齢者向けだけじゃなくて、やっぱり対象者の拡大、それも保育園みたいな一気にたくさん配送できる先を開拓した方がいいね」

「自治体の配食サービス予算が削られているのも一因ですよね。このままだと、不便なところに住んでいる人にお弁当が届かなくなっちゃう……」

「そうだね。やっぱり価格だけで業者を選定するんじゃなくて、ちゃんと施設の視察して、サービスの質を確認して、試食してみてから決めるとか、栄養が担保されているかチェックするとか、委託の明確な基準を作った方がいいよね。あとは、配送とか料金の回収を自治体で請け負ってもらえると、コストを大幅に削減できるかも。そのあたり、自治体と相談してみて」

「はい！」

「単なる顧客の拡大だけじゃなくて、ただの配食から事業転換して様々な形態を模索するところまで、一回ゼロから考えてみるわ」

「頼りにしてます！」

調子のいいことを言って、戸樫がやや冷めてしまったナポリタンを豪快にすすり上げる。

「それ、お昼？」

「いや、昼は食べたんでおやつっす」

「あ、ケチャップ飛んだ」

彩が指摘すると、あわててワイシャツの胸のあたりをおしぼりでごしごし拭いている。

「だめだめ、そんな拭き方しちゃ。下にペーパーナプキン入れて、水で濡らしたおしぼりで上からトントンして、下のナプキンに汚れを移すの。帰ったら食器用洗剤でもみ洗い。ごしごしこすらないで、繊維から汚れが浮き出るように揉むの、わかった？」

小さな子にするように言い含めながら、彩は保育園で出会った、みっちゃんのことを思い出していた。母親がいなくなってしまった家で、みっちゃんは一人で遊んでいるのだろうか。子どもにとって必要なものは、愛情をかけてくれる誰かがいること、そしてあたたかな場所とおいしい食事だと思う。そういう誰にとっても必要な「居場所」のようなものを配食サービスと組み合わせて作れないだろうか……考え込んでいると、戸樫が突然声を上げた。

「あ、香月さん、新幹線の時間じゃないすか？」

「ほんとだ、ありがとう」

あわてて立ち上がると、伝票をつかんでレジに向かった。

§

帰りの東北新幹線で「ＥＤＩＮＥＴ」を開く。日本では、投資家が上場企業の株を五％を超えて取得した場合、「大量保有報告書」を提出する決まりになっている。報告書は金融庁の電子開示システムEDINETで誰でも閲覧できる。

調べたい銘柄の名前、「大田原自工」を発行者の欄に入れ、検索ボタンをクリックすると、しばらくして画面が更新された。報告書の提出者の名称は「CTOホールディングス株式会社」。所在地は秋葉原。報告義務の発生日、つまり保有割合が五%を超えた日は先週、となっている。

「先週……ごく最近じゃない……」

さらに保有目的の欄を読んで目をむいた。

「提出者は、発行者の完全子会社化を目的とした重要提案行為等をおこなうことを予定しております。具体的には、提出者は、発行者の発行済株式のすべてを取得することを企図しており……」

これは宣戦布告だ。どこかの企業に敵対的買収を仕掛けられているということに他ならない。CTOホールディングス……聞いたことがない。一体どこの会社だろう。

ネットを開いてみる。代表取締役の欄を見る。「朱維軍（ジユウウエイジユン）」。中国人だろうか。取締役は？ほとんどが中国名ばかり……決算公告を開いてみると、営業収益はほとんどなく、どこかのペーパーカンパニーであることが容易に想像のつく内容だ。栃木県の小さな自動車部品メーカーを一体どこが狙っているのだろう……

北須賀へのメールを入力している途中でまどろっこしくなり、車両の連結部まで出て、電話をかけた。

「永和がメインバンクの会社に敵対的ＴＯＢ？」

「はい」

「中国企業が田舎の自動車部品会社を狙うからには、それなりの理由があるんだろうな」

「そうですよね。でも、なんで担当の戸樫君に言わないんでしょう……」

「今どこだ？」

「新幹線の中ですけど……」

「戸樫連れて、その会社に行ってみるしかないだろう」

「今から……ですか？」

「今からに決まってるだろ。買収されちまってからじゃ遅い」

スマホを調べる。今夕方の五時半過ぎ。那須塩原駅から二十分ほど乗ったところだ。宇都宮は過ぎたから、次の停車駅は……小山。小山からとんぼ返りするしかない。北須賀との電話を切り、戸樫のスマホに連絡を入れる。

「こんな時間にごめんなさい。さっき言ってた大田原自工のことでご相談があって、そちらに戻ろうかと……」

「え、今から、ですか……」

スマホの向こうに頭を下げる。

「迷惑、だよね……」

「あ、いえ残務あるんで、まだ会社にいますけど」

「ごめんなさい、じゃあちょっと待機しててください」

「あ……はい」

「ホント、ごめんなさい。なるべく早くそちらに戻りますんで」

迷いを封じるように電話を切った。

§§

とりあえず、地元のおいしいものでも食べながら……と戸樫の案内でおすすめの大田原牛専門店にやって来た。注文の品が来るまで、一通り北須賀に報告したことを説明する。

音を立てて熱々のステーキが運ばれてきた。百五十グラムのステーキにサラダが付いて二千九百八十円。戸樫におごるにはこのくらいがせいぜいだ。欧米に比べて物価が上がりにくい日本の恩恵にあずかっているとも言えるが、抜本対策である賃上げがないまま、これから国民の負担は増えていく一方だろう。

一口含むと、肉汁が口の中にあふれ出て、噛むほどに旨味がしみ出てくる。

「で、どうしたらいいんでしょうか」

明らかに不安そうな戸樫の言葉に、あわてて肉を飲み込む。

「あ、ごめんなさい。あの、大田原自工がまずはどうしたいか、だと思います。経営陣がどう考えているのか。買収やむなし、なのか、徹底抗戦なのか……」

「あの、ちょっと僕電話してきます」

湯気の上がるステーキをそのままに、戸樫はあわてふためいて店外に出て行った。

戻ってくると、戸樫は憂鬱さを隠そうともしない顔で下を向き、深いため息をついた。

「どうでした？」

「まずは上司に相談したんですけど、おまえが直接話せって言うんで、僕が社長に電話したんです……」

「で？」

戸樫がうつむく。

「証券会社からは、なんか連絡が来てたらしいんです。でも、番頭がいなくなっちまったんでわからん、の一点張りで……」

「いなくなった？」

「経営を一手に担っていた専務が最近やめちゃったらしいんですよ」

「で、どうしたいって？」

「社長さん、超右寄りなんですよ。社長のお父さんが満州から命からがら引き揚げてきたとかで、中国共産党を毛嫌いしてるんです。だから、『俺の会社は死んでも渡さん！』って……」

「防衛策、考えているのかな？」

「全然です。社長さん、そういうのめっぽう弱くて、証券会社からの電話もガチャ切りしてるみたいで……」

「それにしても、一体何だって中国企業が目をつけてきたんだろう……」

彩が首をひねると、戸樫も首をかしげた。

「……ですよね。僕にもわかんないです。社長さんも、全然心当たりないって……。高校の同級生が大田原日報にいるんで、ちょっと訊いてみます」

§§

夜、『こんな記事が出ているそうです』と戸樫がメールを送ってきた。

『レアアース不要の電気自動車用磁石、実用化へ』

大田原市内にある自動車部品メーカー「大田原自工」が鉄とニッケルだけでできている磁石を開発したというニュースだ。五、六年後をめどに実用化し、電気自動車のモーターなどに採用する計画らしい。レアアースは希少な資源で、採れる国も限られている。これが量産化されれば、日本のメーカーにとっては大きなはずみになる。一方で、これが普及すれば中国が独占しているレアアースの価値は大幅に落ちることになる。

『これだけじゃないんです。この会社、他にもニュースになってるんですよ』

もう一枚の記事が送られてきた。

『日本の優秀な自動車人材が流出～中国の自動車マーケットは天国か』と題された記事だ。

中国の新興自動車メーカーが日本の技術者を厚待遇で自社に引き抜いている、という内容で、「中国メーカーに移籍した主な技術者」の出身企業に、「大田原自工」が入っている。技術者を「生産品質　高級総監」として迎え入れたらしい。よくわからないが、何だかえらそうな役職だ。待遇は年収三千万円前後、入社後は専属の運転手や通訳、秘書、家政婦などが付くのだという。移籍先の中国企業は「奇天汽車（CTO）」……そこまで読んで、引っかかった。「CTO」……どこかで見た字面だ。

はっとしてEDINETを開く。やはり……。大田原自工を買収しようとしていた企業名が「CTOホールディングス」……「奇天汽車」が設立した可能性がある。

そういえば、と思い出す。八〇年代に日本の半導体産業は隆盛をきわめた。ところが九〇年代後半になって放漫経営があだになり、電機メーカーの半導体部門の多くが赤字を出し、技術者が離職を余儀なくされた。その時、彼らの受け皿となったのが韓国のサムスンだ。日本の優秀な技術者たちを多数取り込み、一気にトップメーカーに躍り出た。

同じことが起こるのではないか……いや、事態はもっと深刻かもしれない……

『日本社会を内側から崩壊させる、それが真の狙いです』

シミュレーションの場で北須賀が放った言葉がよみがえる。北須賀に報告のメールを入れると、しばらくして返信があった。

『すぐに閣下に拝謁してこい』

『閣下……下村閣下ですか⁉』

『あの人は経済安全保障室にも兼務がかかってるから、経済安保にも詳しい。話聞いてこい』

『でも……こないだ怒られたばっかりですし』

『おまえさ、霞が関で生きてくなら、心臓に毛生やさないとやってけないぞ。怒られてやっと一人前。閣下にどやされたことのないヤツなんかモグリだ』

『……わかりました』

心の動揺をわかってもらおうと、文頭に「……」を付けてみたのだが、北須賀からはあっさり『おやすみ』と強制終了された。

§§

金融庁を出て、通りを渡った先に財務省がある。もともと大蔵省という一つの組織だっただけに、物理的な距離も近いし、人事交流も盛んだ。だが、その心理的障壁は高い。現代的なビルに入っている普通のオフィス然とした金融庁と違い、財務省は戦後GHQに接収されたこともある古めかしい建物で、正門をくぐったあとの中庭は広大だ。コの字形に建物が並んでおり、表玄関の大階段には赤絨毯が敷かれている。柱には、接収当時に米軍将校が彫った名前まで残っていて、五階建ての建物は上までらせん階段でつながっている。初夏でもひんやりとした空気が漂っている気がするのは、こちらがビクビクしているからだろうか。

「で、今日は何だ？」

　下村審議官は彩の顔を見ようともせず、書類に目を落としたまま言った。あらかじめ来意は説明してあったはずなのに、この物言い……最初から心が折れそうになる。だが、日本企業を救うためだ。何ができるか考えるためには、まず何が起きているのかきちんと知っておく必要がある。

「あの、審議官に教えて頂きたいことがあって来ました。永和銀行がメインバンクの会社で……」

「その先はもらったメールで読んだ」

　手で彩を制してから、下村は執務机から応接セットの方に出てきた。

「香月課長補佐、だったかな」

　彩がうなずくと、壁に貼られている地図の尖閣諸島のあたりを指さした。下村は主計局で防衛の主査をしていただけあって、日本の安全保障にも詳しい。

「グレーゾーン事態のことは？」

「グレーゾーン事態？」

「平時でも有事でもない状態のことだ。日本は今どっちだと思う？」

「平時……だと思います」

「なぜだ？」

「……武力侵攻もされていませんし」

下村がさげすむような目で彩を見た。

「甘いな。今、尖閣周辺には毎日のように中国船がウロウロしてる。どこからかよくわからないサイバー攻撃で通信インフラを妨害されているし、ネット上にはニセ情報が所狭しと飛び交っている……目に見えないところで色々なことが起きているんだ。今回の自動車部品会社からの技術者流出もその一環だ。香月補佐は『千人計画』って知ってるか？」

「……知りません」

「外国から優秀な人材を集める、中国政府の人材招致プロジェクトだ。国家レベルでやっている。おそらく今回のもそうだろう。中国としては、レアアースの価値を減じられては困る。だから大田原自工の技術を奪って、先に中国で実用化してしまうつもりなんだろう。あるいは、二度とそうしたものが開発できないように技術者を奪い取ってつぶすか」

「それって、技術を盗み取っているも同じじゃないですか。どうして日本の技術者は誘いに乗って行ってしまうんでしょうか」

「研究経費として一億あげます、一時金として二億あげます、って言われたら、ぐらっとこない人はいないだろう。日本の研究者は必死で科研費を申請してもほとんどが難癖つけられて却下、少ないパイを奪い合ってるんだ。これだけの元手があれば、思う存分研究できる。優秀な研究者には、中国政府が『シャドウラボ』、つまり日本でやっていたのとまったく同じ研究施設を作ってくれる」

「ってことは、まさに日本で開発していた製品なり、技術なりがあっちに持っていかれるってことですよね……でも中国はなぜそんなに他国から技術を盗もうとするんですか？」

「二〇二一年の全人代（全国人民代表大会）で、科学技術の自立自強をうたった新五か年計画が採択された。彼らは『軍民融合』といって、最先端の民間技術を軍事転用するんだ。まあ平たく言えば、富国強兵だな」

「軍事転用……だったら我々は、中国の技術盗用や買収攻撃から、どうやって身を守ればいいんでしょうか」

「さあ」

あっさりと首をかしげてみせた下村に絶句する。

「それを考えるのが金融危機対応室の仕事だろう」

§§

いつも通り満席のとりばんばで、なんとか三人座れるテーブル席を確保した。常連特権、と北須賀が胸を張る。大曲はどこか浮かない表情だ。一通り注文を終えると、北須賀が言った。

「香月、確認問題だ。敵対的買収をしかけられた時の、事後の防衛策には何がある？」

「えーと、まずは『ホワイトナイト』、別の友好的な買収者を見つけて、買収か合併かしてもらう、ですかね。あとは『焦土作戦』……つまり、優良資産を売ったり、あえて負債を負ったりして企業の価値を下げる作戦ですが……これは会社自体が大きく傷つくから、普通は選ばないですよね。『パックマン・ディフェンス』……は無理ですよね。中国の自動車会社のペーパーカンパニーなんて買収しても意味がないですし。莫大な資金が必要ですし……」

「パックマンは昭和だ。令和はトゥーンブラストだろ」

北須賀がスマホをいじりながら言う。また、と彩がため息をつきながら続ける。

「あの、こんな時くらいゲームするのやめてもらっていいですか……あとは、新株または新株予約権を発行して第三者に割り当て、株式の希薄化を図って買収者の持ち株比率を下げる『第三者割当増資』……とかですかね」

「会社法をたてに、買収企業から差し止め請求される可能性もあるけどね」

大曲が突き出しのきゅうりとみょうがの酢漬けを食べながら言う。

「相手は中国企業ですよ。そこまで日本の法律に明るいでしょうか?」

「だからおまえは甘いってんだよ。あっちは日本の法律に精通した優秀な弁護士をつけてるに決まってるだろ。買われてるのは技術者だけじゃないんだよ」

北須賀が相変わらずものすごいスピードで指を動かしながら言う。

「すみません……あとは『増配』、つまり、配当を増やして株式公開買い付けに応じない株主を増やす作戦ですが、手元資金に余裕があるわけじゃないから難しいですね。うーん、結局どれがいいんだろう……」

「それは永和次第、だな。永和銀行がどこまで金を出す気があるか」

ゲームに負けたのか、北須賀がスマホをテーブルの上に放り出した。

「とりあえず明日の朝一番で大田原行ってこいよ。戸樫と二人、空っぽの頭突き合わせててもしょうがない。大田原自工をどこまで助ける気があるか、永和の上層部と話さないと前に進まないだろ」

生ビールが届くと、北須賀が芝居がかった調子でジョッキを持ち上げ、「では香月補佐の奮闘を祈って、乾杯！」と音頭を取った。彩が浮かない顔でグラスを合わせると、北須賀が大曲に言った。

「ではここで、満を持してフィンテック室様の釣果を聞こうじゃないか」

「……ああ」

大曲はビールジョッキを置くと、神妙な顔になった。

「なんだよ、辛気くさいな」

「森山さんのパソコンをデジタルフォレンジックで復元してみたんだ」

「デジタル……なんですか？」

彩が訊くと、大曲は沈黙したままだ。代わりに北須賀が答える。

「デジタルフォレンジック。コンピューターに記録された文書ファイルとかアクセス記録から証拠を探す。削除済みのデータを復元することもできる……ってか、そこまでちゃんとやったんだろうな？」

「もちろんやったさ。でも、何も出てこなかった……」

「あの、それって技術さえ覚えれば誰でもできるんでしょうか？」

「何、おまえ職種替えすんの？」

「違いますよ……ただ訊いてみただけです」

慌てて否定する。その技術を使えば、父の内部告発を握りつぶした人間をあぶり出せるかもしれないと思ったのだ。だが一方で、そんなことは物理的に不可能であることもわかっている。彩が証券取引等監視委員会のパソコンにアクセスして操作するなどということはできないし、その人間がまだ同じ職場に残っているとも限らない。

「今さらだけど、そもそも森山さんが役所のパソコンに記録を残しているっていう可能性は低いよな」

北須賀が言う。

「まあ、普通は自宅か個人のだろうな」

「ってことは……」

二人が同時に彩を見る。

「頑張れ」

「え？」

「森山さんの奥さんを落とすしかない」

「む、無理ですよ……大体、奥さんは森山さんが亡くなった理由を知りたい、って言ってたじゃないですか。ってことは、何もご存じないんですよ。落とすってどういうことですか？」

「奥さんがまだ見てないパソコンの中身、書類、色々あるだろ」

「それをなんとかして手に入れるしかないってことか……」

「今んとこ、こいつが一番奥さんに気に入られてる」

「彩ちゃん、責任重大だ」

北須賀と大曲の掛け合いでどんどん話が進んでいく。

「ちょ、ちょっと待ってくださいよ。森山さんの大切な遺品を私が見せて頂くなんて、無理です。見ても意味がわからない可能性もあるし」

「だな」

北須賀がさもありなんといった風情でうなずく。

「持って帰ってくれれば、僕たちで責任持ってちゃんと見るから」

大曲がこぶしを作る。

「持って帰って……って無理ですよ〜」

半泣きの声を出すと、隣の北須賀が思い切り背中を叩いた。

「ここが踏ん張りどころだ。頑張れ香月！」

北須賀に同調してうなずく大曲を見ながら、ふとある考えが浮かんだ。できるだけさりげない風を装って訊く。

「じゃあ、一つ大曲さんにお願いがあります。十一年前のＳＥＳＣ、証券取引等監視委員会の名簿、手に入れられますか？」

「やってできないことはないと思うけど……一体、何に使うの？」

「ちょっと、大田原の方の案件で調べたいことがあるんです」

「わかった、いいよ。彩ちゃんの頼みなら一肌脱ぐよ」

北須賀の探るような目線をかわしながら、そそくさと立ち上がる。

「じゃ、私明日も大田原で朝早いんで、これで」

「おう、気をつけてな」

「もう遅いから、送ってくよ」

大曲が立ち上がったが、北須賀は再びスマホを手にしている。

「お会計は……」

彩が言うと、北須賀がスマホを忙しく操作しながら「やっとくからいいよ」と言った。

「もう、北須賀さん、完全、ゲーム脳になっちゃってますよ」

耳に入らないのか、忙しく指を動かしている。

「汚染されてますよ！」

大きめの声で顔を近づけて言うと、「うわ！」と北須賀が大声を出した。

「なんですか、びっくりするじゃないですか」

「おまえのせいで三十分の無敵ライフ取りそこねた」

「そんなの知りませんよ……帰らないんですか？」

北須賀は何も言わずに片手をひらひらさせた。

「じゃ、失礼します」

彩はそのまま椅子をテーブルの下に入れ、きびすを返した。大曲に頼んだ名簿の件を詮索されるのは避けたい。急ぎ足で店の外に出る。

空にかみそりのような月が浮かび、まわりにぼんやりと暈がかかっている。まもなく梅雨入りするとけさのニュースが伝えていた。

十一年前、父が死んだ。あの時、誰が父の告発を握りつぶしたのか。その「誰か」にすぐにはたどり着けなくても、せめてその名前が載った名簿だけでも手にしておきたい。勘の良い北須賀の前で名簿のことを持ち出すのにはためらいもあったが、大曲に何かを頼むなら、北須賀にも知らせておいた方がいい。大曲から北須賀に情報が環流すると、余計に勘ぐられる可能性がある。

大曲が追いかけてきた。

「彩ちゃん、足速いな」

「大股なんです。それより北須賀さん、もう完全にゲーム中毒じゃないですか。あれ、昔からですか?」

「まあ、許してやってくれよ」

大曲が苦笑いする。

「あいつさ、母子家庭で育ったんだよ。母親、弁護士なんだけどさ、ものすごい教育ママだったらしい。百点取らないとテストびりびりに破いたり。同じ中学校に通ってたやつに聞いたんだけど、成績悪いと学校に乗り込んで担任教師に文句つけたりしてたらしい」

「……こわ」

「今だったらモンスターペアレントだよな。で、あいつは中学に行かなくなって、一時期マジでぐれてたらしい。唯一の親とは通じ合えないし、学校でも教師に嫌がられるし、居場所がなかったんだろ。単車乗り回して、まあ誰ともつるもうとしないから常にローンウルフなんだけど、家にもあんまり帰らなくなって、どこでどう勉強したのか知らないけど、高卒認定試験受けて大学入ったらしい」

「それで東大って地頭良すぎですね」

「だからさ、ゲームが友達っていうか、一人で時間つぶすのに最高だったんじゃないか？　大学の頃流行ってたゲーム、超絶うまくて誰も歯が立たなかった。それだけやりこんでたんだろうな」

ただ一人、無心にゲームを続ける中学生の北須賀を思い浮かべる。あの人を食ったような態度からは想像もつかない孤独な横顔。だが、と思う。そんな北須賀だからこそ、難しい地域金融の再生に挑もうとするのかもしれない。誰も目を向けない、なかば見捨てられたような存在だからこそ、なんとかしたいと思う……。あす、永和の幹部から必ず大田原自工への支援を取り付けてみせる。決意を新たにし、こぶしを強く握りしめる。

隣からため息が聞こえる。大曲は相変わらず浮かない顔だ。

「元気出してください。森山審議官だって、デジタルなんとか……されることくらい予想して、職場のパソコンに見られてまずいものは入れてなかったんだと思います」

「デジタルフォレンジックね。でも結局、彩ちゃんにばっかり負荷かけちゃってごめん」

「大丈夫です。粘り強さだけが売りなんで、あきらめずに頑張ります」

「森山夫人がそうそう遺品を渡してくれるとも思えないし……何を、とも言わずに『全部渡せ』なんて乱暴すぎるしなあ。とはいえ、東知新聞に先越されるわけにはいかないから、時間的な余裕もないし……」

「データがどこにあるかの手がかりもないですしねぇ」

その時、脳裏にあるシーンが浮かんだ。森山の死を知った北須賀が部屋に走り込んできた時の情景だ。

「思った通りだ……」と大阪の中堅銀行出身の春日がつぶやいた。

全員が注目すると、春日はおもむろにスマホの画面を閉じ、「森山さん、自死らしいですよ」と意味ありげな表情で言った……春日は何か知っているのだろうか？　あの時は森山の死に衝撃を受けて春日の発言の真意にまで頭が回らなかったが、常に情報通をきどる春日のことだ。「私は知っている」と匂わせたのではないか？

「ちょっとやらなきゃいけないこと思い出したので、霞が関に戻ります！」

大曲に言って、急いで通りの反対側に渡った。タクシーを止め、行き先を告げる。職場を出る時、春日は明日までに仕上げなければいけない報告書と格闘しながら、うらめしそうにこちらを見ていた。午後十時四十分。まだ残業している可能性がある。彩ははやる気持ちをおさえ、細く窓を開けて夜の空を見上げた。痩せて霞んだ月が、心細げに空の低い位置にとどまっている。今頃、北須賀はまだゲームを続けているだろうか。トゥーンブラストを再インストールしたくなり、アプリのストアを立ち上げた。

§§

まずは大田原自工の社長に会って、意向を確かめたい。戸樫には昨夜のうちに郷田社長のアポを取ってもらっていた。

大田原自工は大田原工業団地と言われる地区の一画にあった。大手メーカーの電子部品工場や塗料や水道機器、印刷機器など、大小さまざまな工場がひしめきあっている一帯で、国道四号沿いの一番端に申し訳なさそうに建っているのが大田原自工だ。工場の隣の事務所をたずねると、灰色の作業着を着た五十がらみの男性が出てきた。棚の上にも、事務机の上にもうっすらと埃（ほこり）が積もっている。名刺を交換すると、郷田社長本人だった、挨拶を終えると、郷田は彩と戸樫に事務椅子をすすめ、苦々しい顔で言った。

「なんで中国がうちなんかを狙ったのか……」

「もちろん、御社の磁石の将来性を買ってのことですよ」

戸樫が景気づけるように言う。

「今年は今までになく苦しいんだ。鉄やアルミ、樹脂なんか、全部バカみたいに値上がりしてるし、輸送費もエネルギー費もべらぼうに高い。正直、期間工や社員の人件費、運送会社の支払いもままならないくらいで、ダッサン自動車に支援を頼んだんだ。だが今のところ、はかばかしい返事はない。あっちは円安効果でジャブジャブもうかってるだろうに……」

「もうすぐ経産省が、電動化に向けて業態を転換する部品メーカーに補助金を出すそうですよ」

戸樫が言う。

「もうすぐっていつだよ。俺たち地場の部品メーカーにとっては、今月不渡りを出さないで済むか、来月まで生き残れるかが勝負なんだ。そんなもの悠長に待っていられるか」

吐き捨てるように言った。

「中国企業の買収話、心が揺らぎませんでしたか?」

彩が訊くと、郷田は口の端を持ち上げて自嘲気味に笑った。

「正直、あちらさんに『助けてください』って土下座したくもなったさ。だけどな……」

と言って一旦言葉を切った。

「俺のオヤジは南満洲鉄道に勤めてて、命がけで引き揚げてきたんだ。棍棒やナタを手にした中国人やソ連兵に襲われて、若い女性は凌辱され、男たちは半殺しの目にあった。みんな日本への船が出る葫芦島(ころとう)めざして、命がけで逃げたんだ。途中、ターチョ(荷馬車)から紫色に膨れあがった足がぶらさがっているのが見えたって言ってた。みんな凍死か餓死だ。関東軍は南に退却しちまって、民間人だけが取り残された。いざって時にゃ、弱者は邪魔者にされ、切り捨てられる。

いつの世も同じさ。誰かが助けてくれるのを待ってちゃ、生き残れねぇんだ。この会社は絶対渡さない」

　郷田の瞳の中に燃えるような怒りがあった。

「メインバンクとして、精一杯お手伝いさせていただきます」

　郷田の気迫に圧倒され、戸樫がか細い声で言って頭を下げる。

「何がメインバンクだ。調子のいい時だけ、金を借りろ借りろと甘い顔ですり寄ってきて、ちょっと調子が悪くなるとすぐに貸しはがしだ。俺は誰にも頼らない。オヤジが裸一貫から立ち上げた会社だ。一人で守り切ってみせる」

「番頭さん、どこに行っちゃったんですか？」

　彩が訊くと、郷田の顔が曇った。

「……出て行った」

「転職ですか？」

「ああ、中国に行っちまった」

「中国？」

「名前は忘れちまったが、英語三文字の、うちを見に来た会社だ」

　脳内にひらめくものがあった。戸樫が送ってきた記事。

「もしかして、ＣＴＯ、ですか？」

「ああ、そんな感じだった。とにかく、あいつがいなくなって本当に困ってるんだ。経営のことは全部任せてきたからな」

「新しい人は？」

戸樫が訊くと、郷田は首を振った。

「今探してるとこだ」

郷田は突然激しく咳き込んだ。机の引き出しを開けて薬を取り出し、そのまま立ってどこかに行った。

「大丈夫ですか」

戸樫が後を追う。

開いたままの引き出しに写真立てが入っているのが見えた。五十代半ばくらいに見える女性だ。目尻にしわを寄せてこちらにほほえみかけている。

郷田が帰ってきて椅子に座った。

「奥様、ですか？」

彩が訊く。

「あ？」

「引き出しの中の写真です。すみません、見えたものですから……」

「ああ、かみさんだ。去年がんで死んじまった」

「そうだったんですか……」

戸樫が殊勝な顔でつぶやく。

「かみさんと二人、ずっと二人三脚でやってきたんだ。あいつのためにも、従業員のためにも、ここでつぶれるわけにはいかん」

郷田が押し殺したような声でつぶやく。その横顔に父の面影を見る。誰のためでもない、従業員のため、自ら信じたもののために闘う者の顔……

『絶対に救います』

引き出しの中の妻に、心の中で誓った。

§

永和銀行の応接室には執行役員経営企画部長の丸山をはじめ、担当役員など三人が集まった。戸樫が彩を紹介すると、まずは持参したリストを配った。彩が徹夜で仕上げたものだ。昨夜金融庁に戻ると、春日の姿はすでになかった。彩は午前三時過ぎまでかけて、大田原自工を救うホワイトナイトにふさわしい企業を考え、リストアップした。買収防衛に知見のある投資ファンド、大田原自工の技術を欲しがりそうな自動車メーカー……注目の新技術を持っているとはいえ、世間的にそう知られているわけでもない栃木県の中堅企業を救ってくれそうな企業はそうはない。

「こちらで考えたホワイトナイトの候補です」

リストを見ると、丸山が声を上げた。

「トヨハシ自動車にダッサン自動車？」

「ええ、主力商品は電気自動車のモーターなどに使う磁石ですから、自動車会社が順当かと思います」

「こんなとこが受けてくれるかな……」

「もちろん一筋縄ではいかないかもしれません。でも、ことは経済の安全保障にも関わることです。実際、この磁石が実用化されれば、中国が独占しているレアアースの価値を減じる可能性がありますし、彼らにとっても高いレアアースを使わずにすめばメリットがあります。今、大田原自工から中国へ技術者の引き抜きも起きています。日本の優秀な技術者が流出することは、彼らだって避けたいはずです」

「でも、まだ実用化まで五、六年かかるんですよね。大田原自工はティア2だから、トヨハシにしてもダッサンにしても、あんまりメリットがないんじゃないですか」

ティア1は「一次請け」という意味で、自動車業界では、自動車メーカーに直接部品をおろすメーカーのことだ。一方で、ティア2、3というのはティア1に部品をおろす下請けのことを指す。

「そもそも大田原自工の社長に会われたのならおわかりかと思いますが、我々メインバンクは別に期待されてないんですよ」

担当役員が否定的な見解を示す。

「だからです！」

彩は思わず声を張り上げた。何がメインバンクだ……とつぶやいた郷田社長の怒りに満ちた目が眼前に浮かぶ。

「だから、頑張るんです。期待されていないメインバンクが地域の企業を守るために奔走する、それを見て、地元企業は大いに勇気づけられるでしょう。何かあったら永和銀行が守ってくれる。これは、これまでさんざん憂き目にあってきた経営者たちが地銀の存在意義を見直すチャンスなんです！」

思わずこぶしを固めていた。そこへ、ノックの音が聞こえた。戸樫が立って外に出て行く。丸山以下、幹部陣は彩の力説にも心を動かされた様子はなく、むしろノックに救われたとばかり、ほっとした表情を浮かべている。

ドアが開き、戸樫が飛び込んできた。

「ＣＴＯホールディングスがこれから緊急会見するそうです！」

「ええっ⁉ 今から？」

「はい、十五分後の五時ちょうどから。ネットで見られるそうです」

なぜ今日なのだ……動きが早すぎる。どこかで大田原自工の社長と面会したことが漏れたのだろうか？ 買収先が金融庁と面会となれば、敵方も心中穏やかではないはずだ。偶然にしてはできすぎている。

応接室のモニターを戸樫のモバイルパソコンにつなぐ。できるだけ生の空気感を知っておきたい。所定のＵＲＬを叩くと、誰もいない会見場が映し出された。次の瞬間、会見場に現れた人物を見て、彩は思わず声を上げた。

五島舜二。大曲に誘われて美穂と三人で出かけた「銀行の未来」と題したセミナーの講師、スタートアップ企業の経営者だ。新たな金融サービスを作るのに従来の規制が障壁になっているとして規制緩和を訴え、既存の銀行システムはもはや不要だと訴えていた男が、なぜここにいるのか。

五島のあとに、紫色がかった光沢のあるスーツを着た男が続いた。

「こちらがＣＴＯホールディングスの朱維軍社長です。日本語が苦手、ということでパートナー企業を経営する僕に説明役が回ってきました。お聞き苦しい点もあるかとは思いますが、どうぞよろしくおつきあいください」

セミナーの時と同様、清廉そうな顔に爽やかな笑みを浮かべて淀みなく話す。

五島はＴＯＢ、株式公開買い付けの条件は、今日の大田原自工株の終値、八百十円から千五百円以上上乗せした一株二千五百円だと説明した。現在価格の三倍以上の水準だ。一般の株主はなだれを打ってＣＴＯ側に株を売るだろう。買い付けが成功して目標の四十五％の株式を取得できれば、総額は六十三億円。Ｍ＆Ａの規模としてはなかなかだ。締めくくりに、五島は自信たっぷりにこう言い放った。

「我々のネットワークを使えば、大田原自工を世界企業にすることも可能なのです。ですからこれは、大田原自工にとっても大いなる飛躍のチャンスとなるのです。みなさん、大田原自工の未来をどうか、我々におまかせください」

質疑応答になると、さっそく最前列から手が挙がった。司会者から指されると、経済誌の記者が、所属と氏名を言ってから質問を始めた。

「それだけ自信があるのに、なぜ敵対的買収なのですか？」

「我々はこの買収が敵対的である、とは考えておりません。大田原自工にとっても良いお話だと思います」

「つまり、現時点で大田原自工から賛同が得られていないということですよね？」

「その点についてはその通りです。協業についてご相談しましたが、相手側から何も回答を得られませんでしたので、仕方なくＴＯＢに踏み切らせていただきました」

大田原自工の郷田社長の言い分と食い違う。確かにＣＴＯが大田原自工を訪問したことはあるが、あくまでも「日本の先端技術の見学」ということでただ工場を案内しただけで、協業などということはみじんも話していなかったと言っていた。その後はＣＴＯ側から何の接触もなかったと話していたが、その間ＣＴＯは大田原自工の株を水面下で買い進めていたわけだ。最初から敵対的な買収に乗り出すつもりだったに違いない。

同じ記者が質問を続ける。

「もし、今後も賛同を得られず、逆に大田原自工を救済しようというホワイトナイトが現れた場合、どうするんですか？」

モニターを見つめていた全員が前のめりになった。

「その場合には……」

もったいぶって五島が間を置く。部屋の中の誰かが唾を飲み込む音が聞こえた。

「徹底的に粘るつもりです」

一瞬好戦的とも言える顔を見せたあとで、五島はそれをかき消すように、にっこり笑って続けた。

「すでに申し上げましたように、これは双方にとって素晴らしいプロポーザルだと我々は確信していますので」

虚をつかれたように、記者は一瞬黙り込んだあと、さらに質問を続けた。

「五島さんはCTOホールディングスと、どういうご関係なのでしょうか?」

「我々は資金面でのサポートをさせていただくと共に、今後ともCTOさんと密なパートナーシップを築いていくつもりです。日本の得意とする従来のものづくり産業と新たな金融システム、この二つがタッグを組めば、今後国際的に競争力の高い製品やサービスをご提供できると信じています」

何も具体的なことは言っていないのに、なんとなく納得させせられてしまう。悔しいほどうまい。外見のみならず、トークにも長けている。間の空け方や笑顔の作り方、何が聴衆を魅了するのに効果的かを熟知している。侮れない、と内心うなる。

室内を見回すと、永和の幹部陣が圧倒された様子で、青い顔をして画面を見つめていた。

§§

金融庁や会計検査院などが入るビルから金刀比羅宮を抜けた先の虎ノ門の交差点裏に、忘れられたような昔ながらのたたずまいを見せる一画がある。彩は春日秀彦と待ち合わせている喫茶店に向かって歩きながら、先ほどの元上司との会話を反芻していた。

CTOの記者会見を見たあと、永和銀行はますますホワイトナイト探しへの意欲を失ったようで、戸樫から電話で救援要請があった。

「香月さん、なんとかなりませんか？　僕だけではとてもホワイトナイトを探すなんて無理です」

泣きそうな声で言う。ふと、ある人の顔が頭に浮かんだ。今年の年賀状、確か地銀時代の元上司が自動車のサプライチェーンを支援する部署で課長になったと書いていた気がする。

「わかりました。私が昔いた広島の第二地銀に『自動車サプライチェーン支援課』っていうのがあって、中小企業のアキレス腱になってる事業承継のファンドなんかも立ち上げたりして、頑張ってるんですよ。ティア2とか3とかにも詳しいんで、広島に本社があるダッサンの調達部門から、けっこう頼りにされてるんです。口をきいてもらえないか、今そこにいる元上司に掛け合ってみます」

「香月さん、神っす！　彩さんってお呼びしていいすか？」

学生気分の抜けきらない戸樫に「いいけど」と苦笑しながら電話を切る。本当は気が重かった。金融庁への転職を決め、地銀の上司に報告したのはぎりぎりになってからだ。罪悪感から有休を消化することもなく、転職の二週間前まで職場にいた。上司の細河は愚直な仕事を嫌がらず、常に一生懸命な彩に期待して徹底的にしごいてくれていただけに、落胆は大きかっただろう。その細河に金融庁の仕事に関して頼み事をする……正直、受けてもらえるかどうか自信はなかった。だが、やるしかない。細河の携帯を鳴らすと、昔のまま、ワンコールで電話に出た。この反応の速さが顧客の信頼の源なんだ、と胸を張っていたことを懐かしく思い出す。

「おお、香月か。久しぶりじゃな。どうじゃ、霞が関は？」

「灰色です」

「じゃろうな」

からからと笑う。昔から細河は気持ちの良い笑い方をする男だった。

「広島は真っ赤に燃えとるで～。カープは今年も絶好調じゃ」

「鯉の季節、首位独走じゃ！」と叫びながらボールを投げる父の横顔を思い出し、胸がきゅうとすぼまる。

「で、どうした。なんか相談でもあるんか？」

昔から勘の良い男でもあった。

「はい、実は……」

大田原自工に中国企業から敵対的買収が仕掛けられていること、ダッサン自動車にホワイトナイトとして救済を頼みたいことなどをかいつまんで説明する。

「経営を任せていた専務がその中国企業に引き抜かれたので、このままでは確実に乗っ取られます」

「そりゃ、いけんの……」

「この会社、研究開発にすごく力を入れていて、電動車のモーターに使える、レアアースがいらない磁石の実用化をめざしているんです。株の買い占めと並行して、技術者の中国への引き抜きも起きていて、CTOは大田原自工を買収してこの技術をまるごと手に入れようとしているんじゃないかと……」

「買収防衛のノウハウがありそうな国内外の投資ファンドに声をかけた方が早いんじゃないんか？」

「私も最初、そういうところを中心にリストアップしてたんです。ところが、公開買い付けを発表する会見に現れたのが、五島舜二で……」

「おお、あのイケメンな……そっか、彼は投資ファンド出身じゃ」

「そのからみなのか、どこも受けてくれないんです」

「う～ん、なんかウラがありそうじゃのぉ……」

しばらく考え込むような沈黙が続いたあと、細河は「よし、わかった」と声を出した。

「ダッサンに話してみるわ」

「え、いいんですか？」

「まとまれば、うちの課にとってもいい話じゃ」

「ありがとうございます。助かります！」

「第二地銀の心意気を見せんとな。霞が関なんかに乗り込んでどうしとるんかと心配しとったが、なかなか頑張っとるじゃないか。立場は違えど、志は一緒よ」

目頭が熱くなり、思わずスマホを片手に頭を下げた。

§§

待ち合わせの五分前に着くと、春日秀彦は先に来て座っていた。店員にホットコーヒーを頼むと、春日は氷だけになったアイスコーヒーを店員に見せつけるように持ち上げて、「これ、同じのもう一杯」と言った。

「お待たせしてすみません」

「いいえ、危機対応室を兼務してる香月さんと違って、こちらはヒマをもてあましてるんで、いいんですよ。ちょうど案件も片付いたところだし」

「アイダ銀行の件、うまくいったそうですね、おめでとうございます」

春日のチームは先日、東北地方の第二地銀の立て直しを軌道にのせたばかりだ。嫌みな物言いは鼻につくが、頭が切れ、仕事ができることは誰もが認めるところだ。

「まあ、どこから見ても立て直しようのない永和銀行に比べれば、たいした案件じゃありませんよ」

皮肉たっぷりに言う。

「それより、わざわざ職場から離れた場所にお呼びいただいたからには、何か特別に内密のご相談でも？」

好奇心が透けて見えるような春日の双眸(そうぼう)から目をそらすと、彩は運ばれてきたコーヒーを一口飲んだ。

「熱っ！」

あわててカップを置いた拍子に、コーヒーを太ももにこぼしてしまった。

「あらあら、いけませんね。そんな素敵なベージュのスカートに染みを作っては」

春日が胸ポケットからハンカチを取り出して、グラスの水を含ませ、彩のスカートを拭こうとする。「あ、大丈夫ですから」とあわててその手を押しとどめる。ちらりと見えたハンカチの端には高級ブランドのロゴマークが入っている。ハンカチを出した時に見えたスーツの胸ポケットにはH・KASUGAの刺繍。ワイシャツのカフスは何かの宝石に違いない。そういえばウィングチップの靴は、いつもぴかぴかに磨き上げられている。春日が着道楽なのかもしれないが、相当な財力をうかがわせるいでたちだ。

「あ、大丈夫です。こんなの安物なんで……」

百均で買ったタオルをかばんから引っ張り出し、水を含ませて叩く。染みはますます広がっていくようだった。あきらめてタオルをテーブルに置き、春日に向き直る。

「あの、すみません……今日お呼びしたのは、職場で話しづらいことをお伺いするためなんです」

「何でしょう？」

「森山審議官の件です。北須賀さんが森山さんの一報を伝えた時、春日さんは『思った通りだ』っておっしゃいましたよね。森山さんが亡くなられた背景を何かご存じなのかな、と思いまして……」

春日は何か面白いものを見るような顔で彩が話すのを見ていたが、やがておもむろに口を開いた。

「香月さんは、誠意こそがすべて、いかに重要な情報でも真摯にお願いすればタダでもらえるはず、と思っていませんか？」

「あ、いえ……決してそんなことは」

「じゃあ、私は一体何がもらえるのかな？」

「え……そんな春日さんにお渡しできるような情報なんて……」

「何のメリットもなく情報をお渡しするほど、私は育ちが良くないんでね。なんせ親が大阪の商人(あきんど)ですから。あげるならもらう、ギブアンドテイクの習性が身についてるんですわ」

意図的にしているのか、野卑にも見える笑みを浮かべて彩を見る。

「でも、本当に春日さんの役に立つような情報はなくて……」

春日は顔に笑みを貼り付けたまま、彩をからかうように続けた。

「いやあ、このまえＳＥＳＣの部屋で調べ物をしていたら、大曲さんが十一年前の名簿を調べに来たんですよ。あなたに頼まれて探しているとか……なんでそんなものが必要なんですかね」

「それは……ちょっと永和銀行がらみで……」

「敵対的買収の件ですか？　そんなものになぜ十一年前のＳＥＳＣの名簿が必要なんでしょう？」

春日はなめ回すような目でこちらを執拗に見ている。視線をかわしたくて思わずうつむいた。

「まあ、ちょっと色々……」

彩を下からのぞきこむようにすると、春日はさらに笑みを深くして言った。

「教えてください。あなたがここにいる、本当の理由は何ですか？」

§§

「春日秀彦の正体、わかったわよ！」

とりばんばに入ってきた美穂は席に着くやいなや、興奮気味に言った。

店に着いてからもゲームを続けていた北須賀が顔を上げる。

「ちょっと注文してからでいい？」

手を挙げて美穂が特大ハイボールに続き、焼き鳥の盛り合わせや定番のつまみを次々注文する。

「それにしても、美穂さんってよく太りませんよね」

彩が羨望の眼差しを向けると、美穂はメニューを閉じながら「炭水化物取らないからね」とあっさり言う。

「あ、でも炭水化物抜きはやめた方がいいわよ。獣の臭いしてくるから」

「獣の臭い……なんか美穂さんが言うとそそられますね」

大曲が言う。向こうのテーブルでバーコード頭をてからせたサラリーマンが生唾を飲み込んでいる。彩が苦笑いしながら「本題に戻りましょう」と言うと、美穂が中央に顔を寄せ、意味ありげな視線で三人を見た。

「春日の正体、驚くわよ」

「もったいつけないで教えてくださいよ」

大曲が焦れたように言う。

「なんと……」

その時、彩のスマホが鳴った。

「音消しとけよ」

北須賀が不満げに言う。

「すいません。永和や大田原自工からの連絡があったら、すぐ取れるようにしてるもので……」

電話の主は戸樫だ。ちょっと失礼します、と言って席を立つ。

「彩さん、ダッサン自動車、会ってくれることになりました！」

「良かった！」

「ついてはお願いなんですが……彩さん、一緒に来てくれませんか？」

「どうしてですか？」

「彩さんの元上司の口利きじゃないですか、やっぱり彩さんがいてくださると心強いなって……」

ダッサンには彩の地銀時代の元上司を通して話をしている。確かに彩が行った方が頼みやすいだろう。

「わかりました。ご一緒します」

「ありがとうございます！　金融庁の彩さんが一緒に来てくだされば怖いものなしです！」

本音が出たな、と内心苦笑しながら電話を切る。こういう素直なところが戸樫の良いところなのだが、上にのぼっていくには、この正直さが強みになるとは限らない。必要なら平気な顔でうその一つもつけないと、清濁併せのむ度量は身につかない。これから戸樫が銀行員を続けていく上でぶつかるであろう、様々な試練が彼を鍛えてくれることを願う。

席に戻ると、「ダッサン、会ってくれることになりました」と報告する。北須賀がやれやれという顔でレモンサワーをあおる。

「なんとか白馬の騎士になってくれるといいわね」

美穂がほほえむ。

「しかし、さすが春日は強敵ですね」

大曲が腕を組む。

「え、どういうことですか？」

「獅子身中の虫ってこと」

北須賀がスマホ画面から目を離さずに言う。

「全然わかんないです」

「『ぬけぬけと鬼は外とは、どの口で』って感じ？」

美穂がハイボールのジョッキに口をつける。

「ますますわかんないです」

「なんですか、それ」

大曲が訊くと、

「知らない。節分の頃、どっかの寺の門に書いてあったのよ」

美穂が飄々(ひょうひょう)とした顔で返す。

「もう、禅問答みたいなのやめて、早く教えてくださいよ」

「春日秀彦、大関金融庁長官の甥らしい」

「ええ～っ⁉」

「大阪の第二地銀からのコネ入庁」

美穂が枝豆を口に運びながら言う。

「おまけに奥さんは近藤秘書官の『付き』」

近藤秘書官というのは、財務省出身の伊坂筆頭秘書官を差し置いて、総理にもっとも取り入っていると言われる経産省出身の秘書官だ。「付き」というのは秘書官室で事務を取り仕切る女性職員のことで、秘書官のスケジュールや面会相手など委細すべてを把握しているため、「女主人」などと呼ばれる裏の事情通だ。

「時任総理が就任した時、『付き』の女性を替えたみたい。もともとは内閣府出身の女性職員だったんだけど、一人交代させたんだって。総理が官房副長官時代に仕えてた春日の奥さんを引っ張ってきたみたいよ」

「なんでわざわざ……」

「さあ、よっぽどのお気に入りか、前総理のもとでやってた女性職員だと、前の政務秘書官と通じている可能性があるから飛ばしたか、じゃない？」

「疑り深いんだなあ」

大曲が眉をひそめる。

「じゃあ、『思った通り』っていう発言も、何か知ってのことってわけですね」

北須賀が言うと、美穂が首をかしげる。

「さあ、そこまではわからない。でもウラを知りうる立場にはあるわね」

「でも、なんだってそんな、ある種サラブレッドみたいな人が私たちと一緒に働いているんですかね？」

　彩が訊くと、美穂が小声になった。

「どうも地銀時代に部下に手を出して、セクハラで訴えられたらしいわ。おおかた、えらい叔父様に泣きついてここに入れてもらったってことなんじゃないの？　金融庁もなめられたもんよね」

「そんな重要情報、美穂さんどうやって手に入れたんですか？」

「ま、それは色々と……ね」

　美穂が髪をかき上げる仕草が色っぽく、こちらまでどぎまぎする。

「とにかく春日を狙う価値はある。おまえ当たってみたか？」

　北須賀の鋭い視線に思わずうつむく。

「いえ……まだ」

　あなたがここにいる理由はなんだ、と春日に言われて、それ以上突っ込めなかったとは言えない。

「じゃあ、さっそく当たって砕けろだ。行ってこい」

「いや、私……ダッサン自動車あるんで、ちょっと……」

　お茶を濁す。

「僕が行くよ」

　大曲が助け船を出した。

「え、いいんですか？」

「デジタルフォレンジック、ダメだったし役に立ってないからさ。それに、近藤さんの付きって聞いて思い出したんだけど、面識あるんだ」

「まさか、けっこう食い込んでたりして」

美穂がからかうように言うと、

「その、まさかなんですよ。官房副長官の『付き』だった時にね」

大曲が照れ笑いを浮かべる。

「マジですか⁉」

彩が言うと、北須賀がゲームをしながら「別に驚くことじゃない」と言った。

「コイツ、昔からＢＢＡ殺しなんだよ」

「なんですか、ＢＢＡって」

「ババアのことだよ。彩ちゃん、そんなの覚えなくていいから」

大曲が苦笑いしながらワイパーのように手を振る。

「大学でも、食堂のおばちゃんに気に入られておんなじ三百円カレーでも、こいつのだけ大盛りなんだよ。マジでムカついた」

「北須賀君って意外と粘着質だよね」

美穂が呆れたように笑いながら、ハイボールを豪快にあおった。

§§

森山審議官の自宅に向かって歩きながら、先ほど大曲からかかってきた電話の内容を反芻する。

「春日さんの奥さん、由理さんって言うんだけど、ものすごく話が長いんだよ。『付き』の女性って、ランチの時間は限られてるし、官邸周りから離れられないから、夜誘ったのが間違いだったんだよな。昨日の午後七時から始めて四時間……マジできつかった」

「何をそんなに話してたんですか？」

「ほとんどが春日さんの愚痴。いや〜、ものすごい亭主関白みたいで、由理さんストレスたまりまくり……『ゆくゆくは金融庁に入るからっていうので結婚したけど、やっぱりお見合いはダメよ。相手のことがよくわからないから』って……ありゃ、離婚秒読みかもな」

「それで……」

「あ、ごめん。本題ね」

近藤秘書官の「付き」の由理によると、新婚で金融庁に転職したばかりの頃、春日秀彦が近藤秘書官に挨拶に行った時、こんな会話があったらしい。ちょうどお茶を持っていった由理もその場に同席したのだという。

「妻の由理がいつもお世話になっております」

「いやあ、金融庁では森山さんにもお世話になってますから、頭が上がりませんよ」

「森山審議官、ですか？」

「そうそう、今度、慰労の食事会でもセットしないと。一緒にどうですか」

「官邸でも何かお役目があるんでしょうか？」

「森山さんは元秘書官だったし、なんせ諸事に詳しいですから。ほら、こっち関係のこととかね」

　人差し指と親指で丸を作る。

「お金、ですか」

「まあ、色々あるんだよ。オモテに出せないやつとかね」

　そう言って、近藤は含み笑いをしたのだという。恐らく春日が「思った通りだ」と発言した背景には、この時の会話があるのではないか。由理の話を総合すると、森山審議官はオモテに出せない金の流れをうまく処理する役目を極秘裏に担わされていたのではないか。だとすると、そうしたものを記録した「ウラ帳簿」が存在するはずだ、というのが、大曲の見立てだった。

「次は彩ちゃんの出番だ。森山審議官の奥さんのところに行って、帳簿みたいなものがないか一緒に探すっていうのが早いかもな」

「でも、亡くなられたご主人の遺品を他人の私がごそごそやるって……」

「う～ん、そのあたりのさじ加減はまかせるよ。あ～、それにしても、きつかった」

　また昨夜の愚痴が再燃しそうなので、礼を言って早々に切り上げた。すぐに森山審議官の妻、麻由美に電話する。相談がある、と言うと、今日は一日中自宅にいるので、来てもらってかまわないと言う。

§§

途中で買った切り花と塩豆大福を霊前に供える。

「ありがとうございます。よくあの人の好物をご存じね」

「職場で聞いたんです。森山審議官は甘党だったって……」

「そうそう、あの人、あんな岩みたいな顔して、パフェとかホットケーキとかも大好きで……似合わないでしょう?」

おかしそうに笑ってみせる顔が無理をしていて、思わず下を向く。麻由美の悲しみや苦しみが少しもやわらいでいないことが伝わってくる。

「で、今日はどうしたの?」

どう切り出したものか、道々ずっと考えてきたが、名案は浮かばなかった。仕方なく、正面からストレートに伝える。

「先日麻由美さんは、森山さんを苦しめていたものが何なのか知りたいとおっしゃっていました。もしかすると、それを知る手がかりが、森山さんの遺品の中にあるかもしれません」

麻由美の顔が一気に曇る。

「それは、私も考えました。あの人のものはすべて保管しています。でも、私が見てもどうせわからないし、見るのが辛くて、ずっとそのままにしてあるんです」

ではそれをこちらに全部渡してください、とは言えない。麻由美の中には、夫を助けようとしなかった役所への徹底的な不信感があるはずだ。

「森山さんが職場で使われてたパソコンを見たんですが、何も手がかりはありませんでした。恐らく職場にはそうしたものは残されなかったんだと思います」

「あの人は責任感が強くて、一人で抱えるタイプでしたから……」

遺影に目を移す。

「うちには子どもがいませんでしたから、森山はマンションの理事長を引き受けたりして、土日も忙しくしていました。修繕積立金の使途がわかるように出納帳なんかも細かくつけたりしてて。これまで誰もそんなことしてなかったから、重宝がられていました。いちいち几帳面なんです」

「そうした出納帳のようなものが仕事関係の書類の中に見当たりませんでしたか？」

「そこまで細かく見ていません。仕事関係のものは見るのが辛くて……」

麻由美の気持ちは痛いほどわかる。森山を追いつめ、死に追いやった原因につながるものなど見たくはないはずだ。

「あの人ね、退職したら一緒に民生委員やろう、って言ってたんです。海外旅行とか、趣味の囲碁とかじゃなくて、民生委員……。このあたりは結構ぐれてる子が多くて、夜中にコンビニの前でたむろしたり、日中に公園で時間をつぶしてたり、居場所のない子が多いんですよ。ゆくゆくはそういう子たちのために退職金でフリースクールみたいなのやろうか、なんて……ほんとにじっとしていられない人だったんですよ」

「そうだったんですね。私は直接仕事でご一緒したことはなかったのですが、いつも忙しそうなご様子でした」

「目に浮かびます……」

そう言って麻由美は手近にあったティッシュを一枚抜き出して、目頭に当てた。

「あの人にとっても、このままでいいはずがないんです。きっとあの人は、自らの死をもって、何かを伝えようとしたんだと思うんです。私のことを心配したのかもしれません。自分から表に出て何か言うことはしなかったけれど、真実を見つけてほしい、そういうメッセージのような気がするんです……」

それからティッシュを小さく折り畳んで捨てると、彩の方に向き直った。

「だから、探してみます。何か帳簿のようなものが残されていないか」

「ありがとうございます」

必ず真相を見つけます……心の中でもう一度誓って、深々と頭を下げる。安請け合いはしたくなかった。たとえ彩たちが森山を死に導いた原因を見つけ出したとしても、官邸の強大な力をもってすれば一瞬でひねりつぶすことができる。

「政治主導」のスローガンのもと、内閣人事局が創設されて以降、多くの官僚が官邸の顔色をうかがうようになった。局長の一つ下、審議官以上のポストは内閣人事局の承認を得ることが必要になったからだ。役所の人事に、族議員や有力なOBが介入しなくなった一方で、官僚が描いた人事の青写真が官邸でひっくり返されるということがしばしば起こるようになった。そこで、「忖度（そんたく）」という言葉が跋扈するようになる。官邸の意思を忖度して、先取りする。いかに「正解」を予想して、いち早く実行に移せるか……それは教師があらかじめ用意している「正解」を最短距離で導き出すことに血道を上げ、偏差値競争を勝ち抜いてきた官僚のもっとも得意とするところだ。あとから中途入庁した「外様」の彩は、初めのうちそうした文化に違和感を覚えたが、いつのまにか慣らされてしまった。慣れなければ、ここでは生きていけない。片目をつぶってでも悪弊に染まる柔軟さがなければ、官僚はつとまらない。だが森山はそんな濁った水に、自らの一命をもって石を投げ込もうとしたのかもしれない。その声なき声をすくい上げ、世に問うのが我々残された者の役目だ……

「これ、残ると固くなっちゃうから、半分持って帰って」

麻由美が取り分けた大福をありがたく押し頂く。三波はいつ家に帰ってくるのだろうか……懐かしい顔が脳裏をかすめる。再び、不安という名の黒い水が胸のうちを浸食していくのを感じていた。

§§

ダッサン自動車の本社は広島にある。久しぶりに降り立った広島駅には工事用の囲いが張りめぐらされ、広電に乗り換えようとしたら迷路のような囲いの中をあっちこっち歩き回る羽目になった。地下一階、地上二十階建ての駅ビルに生まれ変わり、ホテルや映画館まで入るのだという。駅の周りに真新しいマンションがいくつも立ち並んでいる。広島駅は広島市の中心部から少し離れているので、ダッサン本社がある紙屋町に向かうには、広電に乗らなければならない。乗り換え口への迷路に疲れ果て、広電をあきらめて二十分強の道のりを歩くことにした。

毛利輝元が十六世紀の終わり頃、広島城を築いたことから始まった広島市街の発展。その後、広島城跡に日本陸軍の第五師団が置かれ、日清戦争では明治天皇もやってきて大本営となった。太平洋戦争でも、第五師団は大陸や南方で活躍する精鋭部隊として、名を馳せた。だが、軍都としてめざましい発展を遂げた結果、広島は原爆の惨禍に見舞われることとなった。戦後は多くの家や家族を失った人々が駅の周辺に集まり、路上で商いをしたりして身を立てた。その中には、身寄りをなくし、食べるために駅頭で売春する若い女性も大勢いたという。

駅の西側に線路をまたぐ陸橋があり、その奥に細い路地が入り組んだ飲み屋街がある。大須（おおす）賀町（かちょう）と呼ばれる一画だ。一九五一年に国体の開催を控えていた広島は、駅前から売春婦を排除するため、大須賀町に特殊飲食店街、いわゆる赤線を作ってそこに彼女たちを集めた。

就職祝いだと言って、父が一度だけ連れてきてくれたことがある。父は小さな杯をゆっくりと口に運びながら、そんな広島の歴史をぽつりぽつりと語った。

梅雨の中休み、うだるような暑さの中ゆっくり歩を運びながら、街のあちこちに父の記憶を探す。まじめ一徹の面影が、どこか森山に重なる気がした。

§§

大通りに面した真四角のビル。見上げると、「DASSAN」という銀色のロゴが日光を照り返して目を射た。ロビーに入り、受付で名前を言うと、すぐに「お待ちしておりました。まもなく案内の者が参りますので」と言って入構証を渡された。そろいのユニフォームを着て、ダッサンのトレードマークであるオレンジ色のロゴをあしらったつばのある帽子をかぶった若い女性たち……「MeToo」運動などが起きても、この光景は変わらない、と小さなため息をつく。昭和の経営者たちは「会社の顔なんだから、受付にはきれいな女性が座っていた方がいいし、お茶は若い女性が淹れてくれた方がおいしい」などと言うのだろうが、我々世代に言わせれば立派な時代錯誤だ。この光景は、地方でも東京でも変わらない。いっそ受付ロボットを置いておけば人件費の削減になるのに、と思う。

「香月様ですね、戸樫様はすでに到着されていますので、ご案内致します」

若い女性が来て、にこやかに言う。戸樫は栃木、香月は東京からなので、現地集合にしたが、まだ約束の二十分前だ。戸樫の緊張が伝わってきて、気を引き締める。ダッサン自動車がホワイトナイトの役目を引き受けてくれない限り、大田原自工の未来はない。

エレベーターで四階の役員室のあるフロアへ上がる。重厚な彫刻の施された扉をくぐり、案内された役員応接室に入ると、すでに戸樫がソファに座っていた。膝をぴたりとつけ、借りてきた猫みたいに小さくなっている。

「早いですね」

戸樫の隣に座ると、若い女性社員がお盆に載せた茶托付きの湯飲みを運んできた。またた……と内心嘆息するが、「お待たせしました」の声に気持ちを切り替える。

応接室に入ってきたのは前頭部から頭のてっぺんにかけてきれいにはげ上がった小太りの男だった。

「財務部長の児玉です。こちらは専務の萩原です」

紹介された白髪の男性に名刺を差し出すと、こちらは財務部長の半分くらいの体重しかなさそうな痩身で、どこか修験者のような厳しい雰囲気を醸し出している。萩原は銀縁眼鏡の奥から検分するように彩と戸樫を順番に見た。金融庁と永和銀行というからどんな人物が来るかと思ったら、若い男に女か……そんな心の声が聞こえるような視線だ。大理石の天板が載せられた重厚感のあるテーブルの上に名刺を並べる。

「お話は大体、広島おおぞら銀行さんから伺っております」

萩原専務が慇懃に言う。

「あの、大田原自工をなんとか救っていただけませんでしょうか?」

彩が口を開く前に、戸樫がいきなり切羽詰まった表情で切り出した。萩原が隣をちらりと見ると、それを合図に児玉が口を開く。

「我々としては、今のところ大田原自工さんの株を買わせて頂く、ということは考えておりません」

「どうしてですか？」

戸樫が悲痛な声を上げる。

「ここだけの話、我々の二次請けには、同じような新しい技術を開発しようと頑張っているところが他にいくつもあるんです。大田原自工さんと同じような磁石を作っているところはありませんが、電動車の普及にはまだ時間がかかるわけで、他の二次請けが開発する新技術でも十分やっていけるんです」

「だから、大田原自工を見捨ててもいい、ってことでしょうか？」

戸樫の声が悲愴感を帯びる。

「見捨てるとか、見捨てないとか、そういうことではありません。CTO、でしたっけ？　そちらも本気で乗っ取るつもりじゃなく、買った株をどこかに高く買い取らせて、手っ取り早くもうけをあげようっていうことじゃないんでしょうか？　だとしたら、その思惑に乗ってしまうことになる」

「CTOの目的は、株の売買差益を狙ったものではないと見ています」

初めて声を発した彩に二人が目を移す。

「彼らの狙いは、大田原自工が持っている電気自動車のモーターに使う磁石の技術を我が物にすることです。あの磁石はレアアースがいらないんです。ご存じの通り、レアアースの主要産出国は中国です。日本のメーカーは常に調達リスクを抱えている。レアアース不要の磁石はこの課題を解決することになり、中国からすれば、レアアースの価値を減じる邪魔者でしかないんです」

「そうしたものを開発しているのなら、外為法の安全条項で守ってもらえるのでは？」

「電動車の部品では無理です。たとえこれが電動車でなく、戦車や軍事車両だったとしても、部品を作っているくらいでは、守る対象にはなりません」

彩は萩原専務の目を正面から見据えた。

「今、守るべき技術は増え続けているんです。軍事に転用可能な革新的技術が民間から次々に生み出されていて、これらを守る仕組みは甚だ脆弱（ぜいじゃく）です。戦後の日本は、アメリカに守ってもらっているから安心、と自らで自らを守る手立てを講じないまま、スパイを取り締まる法体系もなく、企業の一部は知らない間に競争相手国に情報を漏洩（ろうえい）し続けていました。そのツケが今、市場競争での敗北というかたちで我が身に跳ね返ってきているんです。経済安全保障がきわめて重要な今、大田原自工が中国企業に乗っ取られるという悪しき前例は絶対に作れません。ことは、一地方の中小企業の存亡に限りません。もっと大きなものが背後に控えていて、御社のような大企業をも巻き込む戦いになっているんです。この国の経済のために、この国を守るために、どうかお力を貸して頂けませんか？」

彩の力のこもった熱弁を、専務の萩原は目を閉じたまま押し黙って聞いていた。やがてゆっくりと目を開け、視線を彩の背後に移した。振り返ると、三十号ほどの大型の風景画の上に、さらに大きな書画が飾られていた。

「常に革新を　この国の未来に光を」

萩原専務は書画をじっと見据えたまま、ゆっくりと口を開いた。

「少し、考えさせてください」

横から児玉財務部長が眉を上げて萩原をのぞきこむ。恐らく面会の前に、「断わる」ということで話が決まっていたのだろう。即座に二の矢をつぐ。

「もし、私どもで何かお力になれることがありましたら、何でもおっしゃってください。金融庁としても、今回の買収劇を黙って見過ごすわけにはいかないんです」

「突然そんなことを言われましても……」

児玉が困ったように手を揉む。萩原が書画から彩に目を移し、ゆっくりと口を開いた。

「香月さんは先刻ご承知かと思いますが、先の感染症拡大などもあって、自動車販売は年々減少しています。今年の三月期決算で、我が社はおよそ四千五百億円あまりの最終赤字に転落しました。構造改革に着手してはいますが、電動自動車の波も押し寄せ、我々はこれまでにない打撃をこうむっています。今は取引先銀行も、決算を締める前に目をつぶって融資を実施してくれていますが、今後は審査基準もどんどん厳しくなるでしょう。新たな銀行借り入れが返せるかどうか……来年五月には、早くも資金繰りの修羅場がやってきます。おまけにサプライチェーンを支える部品メーカーも深刻です。我々は系列の部品メーカーを抱え、巨大なピラミッドを頂点から支えてきました。でも、ここへきてのデジタル化、脱炭素、自動運転や電動化などによって、求められる競争力も大きく変化してきているんです。この変化の時代に、中小の部品メーカーも含めて、世界市場の中でどのように生き残っていくのか、是非お力添えを頂きたい」

「わかりました。少し時間をください。持ち帰って、我々も知恵を絞ります」

春日の「ギブアンドテイク」という言葉が頭をよぎる。やはり交渉に臨むに当たって、何かこちらから提供できる「お土産」を用意しておくべきだった……「交渉」というものの作法がわかっていない自分の未熟さを突きつけられたようで、唇を噛む。

その時、彩のポケットに入れたスマホが震えた。「すみません」と断わってから取り出すと、森山審議官の妻、麻由美からだった。麻由美が電話してくるのは初めてだ。

「緊急なので、ちょっと失礼します」

応接室を出て、小声で話す。

「香月です。どうされましたか？」

「実は、先日おっしゃっていた出納帳のようなものが見つかったんです」

麻由美も、彩同様に声をひそめてしゃべっている。

「本当ですか⁉ すぐに取りに行きます！」

「それが……東知新聞さんの取材の中で見つかったものですから、今、これから会社に持って帰ってゆっくり拝見したい、とおっしゃっていて……」

「ええっ、東知新聞ですか？」

「森山が仕事で使っていたノートとかがあったら遺影と一緒にカメラで撮影したい、とおっしゃったので、森山の遺品の中から適当なものを何冊か選び出したら、その中に先日彩さんがおっしゃっていたようなものがあったんです」

「……ちなみに、記者の方のお名前、おわかりになりますか？」

「えーと……」

何かを探している様子の麻由美をじりじりしながら待つ。

「若宮三波さんという方です」

やはり……目の前が暗くなる。

「あの、そのノート、東知新聞さんに渡さないでいただくこと、できますか？」

「でも……記者さん、そのノートをとても欲しがっていて……」

「とにかく、持ち帰ったり、その場で撮影したりしないように見張っていていただけないでしょうか？　すみません、勝手なお願いで」

「わかりました。なんとか頑張ります」

「私もすぐに東京に戻ります。それまでなんとかノートを渡さないでいてください」

急いで電話を切って応接室に戻ると、ちょうど頭を下げながら戸樫が出てくるところだった。

最後の一押しができなかった……歯がみしながらダッサンを後にする。

新幹線だと東京まで四時間ほどかかる。戸樫にタクシーを拾ってもらい、空港へ向かう。とにかく一刻も早く麻由美のもとにたどり着きたかった。麻由美の背後に三波の姿が明滅する。自分が麻由美のもとに急ぐ理由が帳簿を守るためなのか、それとも三波との友情を守るためなのか、もはやわからない。ただ大事なものを守るため、空港への道をひたすらに急いだ。

§§

麻由美は彩が来るまでノートを三波たちには渡さず、待っていてくれた。

「本当にありがとうございました」

「記者さんたち、また来るっておっしゃって帰っていかれました」

麻由美が差し出したノートをめくっていく。手が震えているのがわかった。

次々に現れる数字の羅列……総理個人への献金を記録したもののようだ。最後のページで手が止まった。

「これって……」

ユートピアム、と書かれた横にゼロがいくつも並んだ数字がある。毎月、毎月、ざっと五百万ほどの数字が並んでいる。ユートピアムというのは、最近流行りの仮想通貨だ。

振り込み元はＣＴＯホールディングス……合計すると、この半年あまりの間に三千万ユートピアムが振り込まれたことになる。ユートピアムを現金にするとどのくらいになるのかわからないが、相当な額になるであろうことは想像がつく。

つまり、五島舜二から総理への仮想通貨による大口献金、ということか。「マネーオール」を実現するため……確かに仮想通貨による献金には今のところ規制がかかっていない。それをわかった上でしているのだろうが、総理に直接これだけの額を渡すのは一体なぜなのか。

急いで北須賀に連絡を入れる。

「仮想通貨か……ヤツも考えたな。脱法行為に近いが取り締まり対象じゃない。それ、持って帰ってこられるか？」

「頼んでみます」

「とりあえず、その帳簿のことは、俺たちチームの中だけで共有しよう」

「どうしてですか？　すぐ上に報告した方がいいんじゃ……」

「切り札に使う。とにかく持って帰ってこい」

内容が聞こえないように離れたところで電話していたのだが、帰ってきた彩の顔がよほど深刻だったのだろう。

「大丈夫ですか？」

麻由美が心配そうに訊いてきた。

「あ、はい……」

「このノート、私が持っていても仕方ありません。彩さんのお手元に置いて、役立ててください」

麻由美の方から言い出すとは思っていなかったので、驚いて顔を見る。

「私が見ても何のことかわかりませんし、あなたなら、彩さんなら、きっと主人の無念を晴らしてくださると思って……」

万感の思いをこめて、麻由美に頭を下げる。絶対に森山審議官の死を無駄にはしない。固く心に期して、森山の家を後にした。

§§

三波はなぜ強引にでもノートを持ち帰らなかったんだろう……もちろん麻由美が拒否したことはあるだろう。でも記者ならば、持ち帰らずとも、普通は何かもう一押しするものではないか。麻由美によれば、「ノートはお渡しできない。写真も撮らないでほしい」と伝えると、三波は「また来ます」と言ってあっさり引き下がったのだそうだ。取材倫理、あるいは記者としての矜持（きょうじ）だろうか。

「お～い、彩ちゃん。大丈夫かぁ」

大曲の顔が目の前にどアップで現れ、小さく声を上げる。

「献金の方は香月が直接五島に当たるとして、ダッサンの方はどうだったんだよ。ホワイトナイト、受けてくれそうか？」

北須賀が枝豆をさやから取り出しながら訊く。

「おまえ、ほじくらないで直接口付けて食えよ」

「汚いからヤダ」

「は？　茹でてあんだろ」

大曲が呆れたように言う。

「いや、ちょっと待ってくださいよ。五島社長直撃とか、ないですから」

あわてて両手で遮る。

「いくら考えても妙案浮かばないし、直撃しかないかもね。その前に、とりあえずはまず、大田原自工を守らなきゃ」

美穂がハイボールのグラスを優雅に傾けながら言う。

「それが……」

ダッサンから「力添え」を頼まれたことを話す。

「なるほど、ダッサンもそれなりの見返りを要求してきたというわけだ」

「そうなんです。交渉に臨む前に、何かアイディアを持っておくべきでした」

「まあ、みんなそうやって現場で学んでくんだ。これからでも遅くないよ」

大曲が取りなすように言う。

「自動車産業はＣＡＳＥとか、ＭａａＳとか、カーボンニュートラルとか、まじで百年に一度の大変革期だからな。中小の自動車部品サプライヤーが時代の波にのって新たなビジネスモデルを確立できるような支援が必要なことは確かだ」

相変わらず枝豆と格闘しながら北須賀が言う。

「地方の雇用の要だしね。そういえば、東海財務局と中部経済産業局からそんな提案が出てた気がするわよ。ちょっと待ってて……」

美穂がスマホで検索して「自動車産業の大変革期における地域の中堅・中小自動車部品サプライヤー企業への支援に向けて」という文書を表示した。

「なるほど。これまではダッサンならダッサンと、各地のサプライチェーンごとに縦割りで地域金融機関が連携してティア2とかティア3の面倒を見てきたけど、いっそ自動車産業を横断的にサポートするしくみがあってもいいかもしれないな」

大曲が言う。

「日本自動車サプライチェーン銀行、か」

北須賀がつぶやいた拍子に、枝豆が飛び出て床に落ちた。

「あ〜あ、もったいない。枝豆がかわいそうじゃない……」

言いながら美穂が床から拾ってひょいと口に入れた。

「え……」

全員の動きが止まったが、美穂はまったく意に介さない様子で、枝豆を咀嚼（そしゃく）しながら続ける。

「メガも地銀も信金も、枠や地域を越えてM&Aや事業承継のお手伝いをする……そういう枠組みがあれば、ダッサン傘下の後継者に悩む中小企業を、愛知とか静岡とかの同じ業種の企業とつないだりできるしね。いいかも」

「いや、そこじゃなくて、枝豆……」

大曲が言うと、美穂は「あたし、鉄の胃袋持ってるから」と手をひらひらさせた。

「まあ、金融庁が音頭取れば、メガから信金信組まで一気通貫で話ができるし、経産省を巻き込めば自動車業界横断的な取り組みが進められるし、パワーアップするよな」

北須賀が言う。

「将来的には自動車だけじゃなくて、いろんな産業のサプライチェーンごとに地域っていう制約を超えた連携の枠組みを作れるといいね」

大曲が同調する。

彩は三人を眺めながら、何かが湧き上がってくるような興奮を覚えていた。新しいアイディアを誰かがつぶやき、それをみんなが雪だるま式に膨らませていく。ここにいる誰もが同じ方向を見て真剣に頭を捻り、大きなうねりを作り上げようとしている……日本の未来はまだまだ明るい、そんな風に思わせてくれる何かがここにある。そして、そんな優秀な頭脳の末端に連なっていることの幸せを噛みしめる。自分は頭脳にはなれない。みんなの手足でいい。それでも、この国を良い方向に進める一助となれるなら、なんだってする。腹の底から熱いかたまりがこみ上げてくる。

「よし、JASBの立ち上げに向けて、乾杯！」

北須賀がビールのグラスを持ち上げる。

「なんだよ、それ」

大曲が怪訝（けげん）な顔をする。

「ジャパン・オートモービル・サプライチェーン・バンク」

「それ、直訳だろ。英語だったら『ザ・バンク・オブ』とかで始まるんじゃないか？」

「なんでもいいだろ。とにかく頑張ろうぜ。香月はまず、五島落としてこい」

「それ、一番の難関じゃないですかぁ」

「若い頃の苦労は買ってでもしろって言うだろ。タダで機会もらってんだ、ありがたく思え」

北須賀がビールを飲み干し、豪快にグラスを置く。

「もう〜、そういう時だけ古くさいの持ち出さないでくださいよ」

「まあまあ、彩ちゃん、僕、五島舜二の秘書さんのメアド知ってるからつないどくよ」

大曲が言う。

「いいなあ。将来性抜群のイケメン起業家、お目にかかりたいわぁ」

うっとりした顔で美穂が言う。

「じゃあ美穂さん、一緒に行きましょうよ」

「あ、だめだめ。あたしバツイチだし、次はドルで資産持ってるヤツしか相手にしないって決めてるから」

「うわ、美穂さん感じ悪……」

北須賀のヘン顔をみんなで笑う。とりばんばの店員が「イケメンが台無しですね〜」と言いながら、食べ終わった串でいっぱいの皿を下げに来た。

§§

五島舜二のオフィスは西新宿に建つ高層ビルの中にある。中に入るには、まず事前にメールで送られてきているQRコードを機械でスキャンしなければならない。スキャンに無事パスすると、受付で首から下げる通行証が発行され、それをゲートにかざすと、ようやくエレベーターの並ぶホールに入ることができる。オフィスがある二十三階まで上がろうとしたのだが、エレベーターに乗ってみると、十二階までしか行かない。一階まで降りて高層階行きのエレベーターに乗り換える。ようやく五島のオフィスの前までたどり着いた頃、彩の首筋は汗ばんでいた。ハンドタオルでぬぐって入り口の受話器を取る。秘書の「お待ちください」という機械的な声に疲れが倍増する。現れたのは、前髪をきっちりと眉毛ギリギリで切りそろえた一糸乱れぬボブヘアの女性だった。最近はやりのAIを搭載したアンドロイドを想起する。

「ご案内します」

後ろ姿も人間離れしたスタイルだ。小さな頭からすらりとのびる見事な十頭身に、きちんとくびれた腰、タイトスカートのスリットから見え隠れする、足首に向かってすんなりと引き締まったふくらはぎ。制服なのだろうか、白いラインが縦に入った紺のジャケットを寸分の隙もなく着こなしている。

「こちらです」

振り返った女性が一瞬怪訝そうな顔をした。

「あ、すいません……」

見とれていたのがバレた気がして、冷や汗がどっと湧く。女性はドアを開け、彩を中に案内した。

世界の為替相場でびっしりと埋め尽くされた電光掲示板以外は、普通の応接セットが置かれているが、唯一違うのは、応接室の壁がガラス張りなことだ。女性が示したソファに所在なく座っていると、お茶が運ばれてきた。

「ありがとうございます」

「まもなく参りますので、少々お待ちください」

女性が出て行ってしまうと、彩は落ち着きなくお茶をすすった。周囲が透明だと、なんとなく落ち着かない。ガラス張りの独房にでも入れられている気分だ。

やがてがちゃりと音がしてドアが開き、五島舜二が入ってきた。今日はツイード地のグレーのスリーピース。胸にはシルク素材とおぼしき水玉のチーフが入っている。相変わらずメンズファッション誌から抜け出してきたような服装だ。

「いや、お待たせしてすみません。ドバイとの電話が長引いてしまって……」

ドバイ、に気圧(けお)されながらうなずく。

名刺を渡しながら、「ここガラス張りなんですね……」と言ってみる。

「ああ、落ち着きませんか？　じゃあこうしましょう」

五島がデスクの上からリモコンを取り上げ、ボタンを押すと、「ピッ」という電子音と共に周囲が磨りガラス状に変わり、外は見えなくなった。

「うわ、すごい……」

「一応、経営者としては、『ガラス張り』をモットーにしているんですよ。社員からも誰からも見られて恥じることのない経営をしようと思いましてね」

誠実そうな笑顔。これにだまされちゃいけない、と彩は心の中で自分を戒める。先ほどの女性が音もなく部屋に戻ってきて、奥の小机の前に座り、パソコンを開いた。

「それにしても、金融庁の方がわざわざお越しとは、どういう御用向きでしょうか」

「以前セミナーに伺いまして、興味を……」

女性が極限までおさえた音でパソコンを叩いている。速記しているのだろうか。自動で録音するとか、キャプションを自動で作成するアプリを使うとか、相手に対して見えないやり方でログを作成することもできるのに、なぜ敢えて「見える化」するのか。「ガラス張り」同様、相手に精神的な緊張や不安を誘う効果を狙っているのだろうか。

五島が片手を上げて、彩を制止する。

「それは面会の申し込みで伺いました。面倒な前置きは抜きにして、本題に入りましょう。実は申し訳ないのですが、次のミーティングが二十分後に控えているんです」

「わかりました」

一旦そう答えてから、どう切り出そうか迷ったあげく、腹を決めた。どのみち、こちらの意図はある程度わかっているはずだ。

「では、単刀直入にお訊きします。なぜあなたが中国資本のCTOと組んで大田原自工にTOBを仕掛けているのか、それを教えてください」

彩が硬い口調で言うと、五島は苦笑いのような表情を浮かべた。

「なんだか僕が悪いことをしているみたいな言い方だなあ。よく考えてみてくださいよ。こう言っちゃなんだが、年のいった田舎経営者を追い出して未来志向の経営に変えることは、大田原自工の将来にとっても良いことじゃありませんか。せっかく優秀な技術を持っているのに、あんなぎりぎりの経営をしているのは、経営者が無能な証拠だ。社員にとっても、社会にとっても、そういう人にはご退場願って、若く能力のある経営者がトップについた方がいいに決まってる」

こちらが腹のうちを見せたからか、ざっくばらんな口調になった。

「郷田社長は会社の将来を真剣に考えておられます。今、メインバンクの永和銀行と一緒に……」

五島舜二は突然彩の眼前に「ストップ」と言いながら片手を出し、組んでいた長い足をほどいて身を乗り出した。

「香月さん、あなたは銀行の正体を知らないでしょう」

「銀行の正体？」

五島は彩が地銀出身だということを知る由もない。先ほどまでのクールな表情ではなく、どこか苦々しい表情で彩を見ている。

「僕はね、起業する時、登記簿を持って銀行に行って口座作ろうとしたら、門前払い食らったんですよ。実績がないってね。それから五年たって、ゼロ金利だからちょうどいいってローン組もうとした時も、貸してくれなかった。銀行はね、名も知れぬ零細企業なんか相手にしないんです。コネがなくちゃ融資もしてくれない。本来、お金を貸して利子でもうけるビジネスモデルのはずなのに、なぜ貸さないのか？」

五島は一旦言葉を切って、彩の反応を待った。

「回収できなくなりそうで怖いからですか？」

「もちろんそれもある。銀行は返す見込みがある、もともと資産を持ってる人にしか金を貸さないんですよ。取りっぱぐれが怖いですからね。でもね、本当の理由はそこじゃない」

五島がもったいぶって間を空ける。いつものトークスタイルだが、やはり引き込まれてしまう。

「彼らにはね、融資を審査する能力がないんです」

彩のもの問いたげな表情に満足したのか、意気揚々と続ける。

「事業の将来性を見抜く力がないから、担保を重視する。だからこの国ではスティーブ・ジョブズが生まれない。世の中を変えるかもしれない無謀なイノベーションにチャレンジさせてくれるサポート役がいないんです。日銀総裁の『黒田バズーカ』で三回も史上空前の金融緩和がなされて、銀行にはジャブジャブ金がある。それなのにスタートアップの経営者には金を貸さない……こんな、トライアンドエラーができない国に未来がありますか？　銀行の使命は、融資を通して企業や個人を応援して、世の中を良くすることのはずでしょう？　そのガイド役が金融庁のはずだ。一体何やってんだ、と言いたいですよ。銀行を岩盤規制で守るだけで、のさばらせている。結果、地銀の約半分は本業でもうけられず、統廃合の危機にさらされてる。あなたたちも本音ではそれを望んでいるんでしょう。だけど、本当にそれでいいんですか？　机上の空論しか知らない、金融市場で切った張ったの戦いをやったことのないお公家集団に何がわかるって言うんだ！」

五島の怒りを正面から浴び、彩は口を開くことができなかった。反論したいが、何を言っても聞く耳を持たないだろうと思った。そして彩自身、五島の言い分を百％否定できない思いもある。

「おっしゃりたいことはよくわかりました……それで、あなたの狙いは何ですか？」

かろうじて冷静さを保って訊く。五島は不敵な笑みを浮かべ、彩を正面から見据えた。

「聞きたいですか？」

気圧されまいと、まっすぐに視線を返しながらうなずく。

「金融庁の方にこんなことを言っていいのかわからないけれど、僕の目的は、銀行を絶滅させることです」

「……絶滅？」

「まあ遅かれ早かれそうなりますけどね。だって、ハンコ、まだ必要ですか？　指紋認証や虹彩認証が普及している時代に、いくらでも偽造できそうな印鑑を使い続ける意味ってなんですか？　スマホ一つあればキャッシュレス決済できる時代に現金が必要ですか？　ハンコや現金がなくなれば窓口も銀行員もいらなくなりますよ。人件費も設備維持費も大幅にカットできる」

五島はおかしそうに続けた。

「大体、一年に何回もシステム障害を起こすメガバンクなんていりますか？　ネット銀行で十分なのに、名前につられてメガバンクを使ったばっかりに、壊れたATMの前で立ち往生……そんなバカなことがあっていいんでしょうか？　僕が提唱している『マネーオール』はあくまでも通過点にすぎません。将来、加速度的に銀行のシステム統合が起これば、時代遅れの銀行は自然淘汰されるでしょう。そして黒船がやってくる。アップル銀行やグーグル銀行の方が便利でずっと使いやすく手数料もかからないとわかれば、人々はなだれを打ってそちらに行くでしょう。この国は自分では変われない。黒船襲来で鎖国をやめて文明開化が起きたように、また外圧によって一旦強制終了して生まれ変わる……これは『絶滅』への序章なんです」

「でも既存の銀行を絶滅させることが、本当に日本経済にとってメリットになるんでしょうか？」

「あなたはまだわかっていない。絶滅自体が目的じゃないんです。いいですか、ここからが重要なんです。ガラパゴス化して恐竜がのさばってるこの国の現状をぶち壊して、世界と戦える土壌を作るんですよ。『金融立国』です」

「金融立国……アメリカと一緒に、ということですか？」

「アメリカは、日本なんてもう見向きもしませんよ。新興のフィンテック業者などを苦しめている日本の岩盤規制をはたから見て、こりゃダメだ、って思ってます。国際金融センターなどと言いながら、英語の相談窓口すら満足に整備されていない。そんなところに苦労して入っていっても、今の日本にたいした旨味はないでしょう。だから僕は別の国と手を組むことにしたんです」

「……中国、ですか」

「ええ。彼らは言語の壁も岩盤規制も気にしない。まだまだ日本に学ぶところがあるからです。技術も人材も、この国で欲しいものがたくさんある」

「でも彼らが手に入れた先端技術が軍事転用されている事実をご存じですか？　彼らは我々からなかば盗むようにして技術や人材を手に入れているんですよ」

「そんなの当たり前ですよ。盗めるところからはどんどん盗む。世界では、きちんと守れない方が悪い、が常識です。盗む方が悪いなんていうのは日本の甘えた考えですよ。守りが甘いんだからしょうがない」

「で、中国と組んで、何をするわけですか？」

「それは今後を見てのお楽しみです。あっと驚くような秘策、無能な霞が関が思いつかないウルトラCをお見せしますよ。今全部僕がしゃべっちゃうんじゃ面白くないでしょう。あなたの認識では、僕は悪、あなたは正義の味方、なんでしょう？　だったらじわじわ勝負した方がおもしろいじゃないですか」

そう言うと、五島は不敵な笑みを浮かべた。

「だけど、そのうちわかる日が来ますよ。誰が本当の意味で正義の味方なのか。今のあなたには、まだ難しいかもしれませんけど」

皮肉めいた口調で言う。

「もう一つ、教えてください。あなたから仮想通貨で献金として総理に大きな額が振り込まれています。目的は何ですか？」

総理への大口献金について口にしても、五島は一向に動揺した様子を見せなかった。

「だから言ったでしょう。銀行絶滅ですよ」

「目的達成のための賄賂（わいろ）、ということでしょうか？」

刺激するような言葉を使っても、五島は眉一つ動かさない。

「手段は選ばないタチなんでね。実弾が一番手っ取り早いでしょう」

余裕の笑みを浮かべた。

「あなたはなぜこんなことを話してくださるんですか？」

「おかしなことを訊くなあ。あなたが訊いたから答えたまでじゃないですか。じゃあ、見返りをください。ギブアンドテイクが僕の信条なんでね。大田原自工の従業員名簿でどうですか？」

「そんな……勝手に話されて、突然見返りを要求されても……」

「どうせ買収がすめば、放っておいても手に入るものだ。別に急いじゃいないんですけどね。朱維軍が社長になった時の人事の参考にさせていただきます」

なぜ今、従業員名簿などと言い出したのだろう。五島の真意をはかりかねて彩は黙り込んだ。

「私の一存では決められませんので、またご連絡します」

「それではまた。次回お目にかかる頃には勝負がついているでしょう」

五島は立ち上がり、彩を応接室の出口に誘った。バッグを取って立ち上がり、後を追う。五島はドアの前で一旦立ち止まり、彩を振り返った。

「もしあなたが、僕の方が正論だと思ったら、またいつでも来てください。金融庁だけでなく、地銀についてもわかっている方がいれば心強い。一緒に手を取り合って、日本の未来を変えましょう」

彩が地銀出身であることも事前に調べ上げている。そしてそれを最後にさらりと付け加え、相手に心理的ダメージを与える交渉術……手強い相手だ、と改めて思う。

「またお目にかかれることを心待ちにしていますよ」

五島がにっこり笑うと、応接室のドアが音もなく開いた。

§§

それからというもの、彩は五島舜二の書いた本をむさぼるように読んだ。『列島破綻に備えよ～これから起こる十のシナリオ』『金融破綻列島、日本』『日本終焉の日～その時わたしたちができること』……十冊を超える著書には、どれも扇情的なタイトルがつけられている。

五島が訴えていることは、一貫して「政治の無策」だ。世界一のスピードで進む少子高齢化にもかかわらず、門戸を開いて移民を受け入れない、ゾンビ企業を延命させる、規制緩和をしない、といった保護主義が国の債務を天文学的に膨れあがらせていること、またその深刻な影響をもっとも受けやすいのは中流階級で、仕事も金も失い、円建ての年金は将来大幅に目減りして、老後もままならなくなること。子どもの教育機会も失われ、貧困が拡大再生産されていくこと……平和と繁栄しか知らなかった日本人が「失われた十年」などと言いだし、あっという間に今「失われた三十年」になった。非正規雇用者数は増加し、二千万人を突破。状況はまったく改善されていないどころか、悪化の一途を辿っている……なぜ政府は手を打たなかったのか？　無為無策の政府に頼っていては、あと二十年で日本は滅びる……

何もしなかったわけではない、と思いたい。うまくいかなかったのだ。放置したわけではない。手を打とうとしては抵抗勢力にやられ、政策は矮小化され、効果が出なかった。少子高齢化のスピードは人々が想像したよりずっと速く、一方、女性たちの社会進出にともなって晩産化も起き、若者の未婚率も想像をはるかに超えて上昇した……「想定外」と言い訳するのは簡単だ。だが、想定外に対応できなかったら一体何のための政治だ、と嘆きたくもなる。

「どうしたの、難しい顔しちゃって」

振り返ると、美穂が彩のデスクをのぞき込んでいた。

「敵の思想を知っておかないと、と思って……」

「もう完全に市場を席巻(せっけん)してるわよ。ほら、これ」

美穂が経済誌を渡す。右隅が小さく折られている。

「時代の変革者」というタイトルのインタビュー記事で、五島舜二が取り上げられていた。

リード部分に、「マネーオール」では、CTOと組んで海外の金融機関に合併のための資金を確保しているという。地方の零細工場に豊富な資金をつぎこみ、人材を育成し、次世代の技術を開発している若き社長に訊く、などとある。

美辞麗句を並べ立て、「若き経営者」を賞賛しているが、その裏にある五島の本当の目的など、人々は知る由もない。その行き着く先はどこか……とてつもなく嫌な予感がする。彼を止めるには、やはり真の目的を知る必要がある。

いつか誰かがやらなければならない汚れ仕事なら、自分が甘んじて引き受けるしかない。彩は悲壮な覚悟で五島の秘書宛てにメールを打ちはじめた。

§§

「見てください、ひどいですよこれ！」

戸樫が悲痛な顔で彩に封書の中身を見せる。

「郷田社長は無能だ。今の二倍の給料を出すからCTOに来ないか」という誹謗中傷と勧誘の手紙。社員全員に送られてきたという。

「一体誰が五島側に社員名簿を見せたのか。僕たちだって先日郷田さんにもらったばかりなのに……ホントに許せないです！」

震える手で手紙を開く。最後の署名だけ、五島の手書きになっている。書き慣れていることをうかがわせる流麗なサイン。穴があくほど見つめていると、縦縞のスーツを着こなした五島の不敵な笑みが浮かんでくる。

「こういう卑劣な手紙を送る五島もですけど、こんな五島なんかに協力するやつがいるってことが最悪ですよね」

自分のせいで、こんな手紙がばらまかれた……そのことに立っていられないほどの嫌悪感を覚える。

「CTOには、どのくらいの社員が流れているんですか？」

「郷田社長によれば、今のところ四分の一くらいだって……でも、二倍の給料って言われたんじゃ、もっともっと離れていくことも覚悟しないといけないって言ってました」

戸樫にも、郷田社長にも本当のことを話して謝罪すべきだ、と思う一方で、話せば時任総理と森山審議官のことに話が及んでしまう、と止める自分もいる。戸樫に言えば、永和銀行の知るところになるだろう。喉元までこみ上げる謝罪の言葉を押しとどめ、戸樫の目を見る。

「手伝ってくれますか」

「何をですか」

「社員の家、一軒一軒電話しましょう。説得するんです。五島の口車に乗ってはいけない。五島の本当の狙いは別のところにある、って」

「別の狙い、って何なんですか」

「レアアースの価値を守ることです。レアアースは中国が世界シェアの多くを占めています。その希少性から、レアアースはただの資源にとどまらない、政治外交の有効なカードにもなるんです。二〇一〇年に尖閣諸島沖で起きた事件、覚えていますか？」

あの時、中国漁船が海上保安庁の巡視船に体当たりして船長が逮捕されたあと、中国は船長の無条件釈放をもとめ、その直後にレアアースの輸出制限にふみきって日本に多大な経済的打撃を与えた。中国は国有企業への積極的な財政支援をおこない、世界中の金属関連の企業を合併したり買収したりということを繰り返してきた。その結果、今レアアースの中国の世界シェアはおよそ七割にのぼる。中国は今、中華人民共和国建国百周年を迎える二〇四九年までに、「世界の権力を獲得するために」世界の製造大国になるという目標を掲げているのだ。

「スマホをはじめとするデジタル機器や、ハイテク産業、軍需産業にいたるまで、レアアースはこれからますます必要不可欠となる資源なんです。こうして世界シェアを拡大させることで、中国はこれをウェポナイズ、つまり兵器のように扱うことができるんです」

下村閣下の受け売りだ。だが、レアアースは貿易戦争の切り札として使えば、恐るべき破壊力を持つ。だから、これからますます自動車の電気化が進む中、大田原自工のレアアース不要の磁石は中国にとって邪魔な技術でしかない。

戸樫は眉を曇らせた。

「じゃあ最終的に、ＣＴＯは大田原自工をつぶしにかかるってことですか？」

「その可能性は十分にあります。たとえつぶさなかったとしても、レアアース不要の磁石はこれ以上作らないと思う……」

「大田原自工の社員が一丸となって作り上げた技術です。絶対つぶさせない！」

戸樫は立ち上がると、「よし、電話かけやりましょう！」と言って腕をまくった。彩がかばんから名簿を取り出す。この名簿を彩自ら全ページコピーして五島に渡した。戸樫が犯人が誰か気づくのではないかと思い、敢えて自分のかばんから名簿を出したが、戸樫は何も疑うことなく名簿を受け取った。胸の痛みを押し隠すように、「よし、やりますか！」と彩も威勢のいい声を上げた。

§§

「仮想通貨だよ！」

大曲が大声で言う。

「つまり、五島がやろうとしている『マネーオール』は、日本円と連動した仮想通貨『オールコイン』とやらを発行して、最終的には現金を廃止する。そうすればいやおうなしにキャッシュレス化も進むし、銀行は絶滅する。日銀が設定した物価上昇率の目標を保つように調整しながら発行すれば、市場に投入する資金をコントロールする必要もなくなる、そういうことだ」

「でも、なんで仮想通貨なんだ？」

北須賀がスマホをいじりながら言う。

「まだ続きがあるんだ。マイナンバーで管理した国民一人一人の口座に、日銀から生活に必要な最低限の額を『オールコイン』で振り込む。つまりベーシックインカムだ」

驚いて大曲を見る。

「五島舜二のセミナー、あっただろ。あの時に思い出したんだ。僕が昔マイナンバー推進室にいた時、話を聞きに行った大学教授の姿を聴衆の中に見かけた。それでようやくアポが取れて昨日会いに行ってきた。五島は彼のところに相談に来てたよ。政治家のいろんな思惑でバラマキが起きたり、票田の大きさによってゆがんだ力が働いて金の分配の不平等が起きるなら、いっそ国民に直接配って使い道を個々にまかせることが真の経済民主主義じゃないか、って熱く語っていったそうだ。間に銀行を噛ませない方がいいって」

彼の真の目的についてもっと情報が欲しくて、敢えて五島側に大田原自工の名簿を渡した。だが、欲しかった情報は大曲が取ってきた。一体何のために大田原自工を危険にさらしたのか、とほぞを噛む。

「だけど、これまで銀行が融資するしないを判断してきたから調節機能が働いていたわけだけど、日銀が市場に出回るお金の量を一手にコントロールするようになったら、逆に危ないわよ。どこぞのアホが配りまくってハイパーインフレが起きるとか」

美穂がハイボールのグラスを手に、髪をかき上げる。

「五島はそれをＡＩに管理させようとしているんだ。物価目標に合わせて自動的に一定量のコインを配るプログラムを作る。コインがどのように使われたかを追跡すれば、国民生活全般について膨大なデータが手に入る。人間はそれを監督したり、プログラムをアップデートしたり、管理だけを担うようにする、と」

「で、人間がどこでどう金を使ったか、ぜーんぶＡＩ様に把握されちまうわけだな」

北須賀がスマホでゲームをやりながらつぶやく。

「五島は自分がどんな化け物と手を組んでるか、わかってないんだ」

「どういうことですか？」

彩が訊くと、北須賀はスマホをテーブルに置き、真剣な顔になった。

「ベーシックインカムはこれまで世界中で何度もイヤってほど議論されては立ち消えになってきた。どうしてかわかるか？　働かなくていい、っていうのは素晴らしい未来みたいに聞こえるかもしれない。だけど、勤労意欲をなくした人間がどこに向かうか……カール・マルクスが、宗教を『民衆の阿片』にたとえているが、これは新時代の阿片だ。日本を内側から崩壊させる、『新・阿片戦争』を中国は仕掛けようとしているんだ。五島は、そのお先棒を自分が担がされてるってことに気づいてない」

「こわ……」

美穂が体を抱え、身を震わせた。

「そんなことして一体何になるわけ？」

「さあな、壮大なルサンチマンじゃないか？　何といっても中国の国歌は抗日の銃を取って戦列に加われ、って戦意高揚の歌だからな」

「起来（チーライ）、起来（チーライ）ってやつな」

大曲が節をつけて言う。

「でも、五島の原動力はどこにあるんでしょう？　自分がスタートアップを立ち上げた時に融資してもらえなかった恨みでしょうか？」

彩が小声でつぶやくと、美穂が怪訝な顔になる。

「そこ掘ってどうするの？」

「五島を止めるにはどうしたらいいのか……」

「止めなくていいんじゃないか？」

北須賀が涼しい顔で言う。

「え？」

全員が北須賀を見た。

「やらせてみればいい。行き着くところまで行ったら気づくんじゃないか。自分が間違ってた、ってことに。その頃にはめちゃくちゃになってるかもしれんが」

「憂国の徒が亡国の徒になるわけだな」

大曲が言う。

「そんな悠長なこと言ってて、彼の野望が実現しちゃったらどうするんですか⁉」

彩が叫ぶように言うと、北須賀がニヤリと笑う。

「そうはさせない」

「どうやってですか？　だってバックには中国がついてるんですよ！」

「ここに俺たちがいる」

北須賀が言うと、大曲が唱和して立ち上がる。

「そうだ、僕たちがいる！」

「いやいや、威勢がいいのは結構なんだけどさ。一体どうやって五島を止めるわけ？」

美穂があきれた顔でハイボールをあおった。

「なぜ僕がマイナンバーの教授のことをすぐ彩ちゃんに言わなかったか、わかる？」

彩が首をかしげると、大曲はまっすぐに彩の目を見て、

「五島に食い込んでもらうため、だよ。さっき僕たちが議論したことを五島にまっすぐぶつけるんだ。彩ちゃんなら、できる！」

「ええ～っ⁉」

悲鳴を上げる彩を尻目に、「よっ、教育担当！」と北須賀が大曲にグラスをかちりと合わせた。

「彩ちゃんだったら、大丈夫」

彩に片目を閉じてみせた大曲に、美穂がハイボールを噴き出すまねをしたので全員が笑う。

彩一人、暗澹たる思いで氷の溶けた薄いレモンサワーを飲み干す。名簿を渡した落とし前をきっちりつけなければならない。誰に知られることもないまま、その思いは彩自身の中で大きく膨れあがっていた。

§

再び広島のダッサン自動車にやってきた。少しでも決断を後押しする一助になれば……と、先日とりばんばで話し合ったメガや地銀や信金といった枠や地域を越えて、自動車業界を横断してM&Aや事業承継のお手伝いをする……そんな枠組みを作りたい、という話を専務の萩原と財務部長の児玉宛てにメールで送っていた。戸樫と受付で待ち合わせ、一緒に応接室に向かう。

「メールを読ませていただきました」

萩原が彩を見て言ってから、窓の外に目を移した。

「実は、私は長銀出身なんです」

長銀、つまり日本長期信用銀行は日本興業銀行、日本債券信用銀行とともに、長期資金の安定供給を目的に設立された銀行で、吉田茂や池田勇人といった自民党宏池会との関係が深いことでも知られている。バブルに乗じて融資拡大路線を取りすぎて巨額の不良債権を抱え、一九九八年に破綻、一時国有化された。山一證券や北海道拓殖銀行などと並ぶ、バブル崩壊の象徴だ。

「あの時、企業再生ビジネスで巨額のもうけを手にしたのが、いわゆる『ハゲタカファンド』と呼ばれたリップルウッドです。八兆円を超える公的資金が注入された長銀を十億円程度で買収しました。巨額の公的資金で不良債権は一掃され、新生銀行として上場。リップルウッドは保有していた株式を売却し、荒稼ぎしました。そのあとも、企業再生ファンドが企業を復活させ、その対象は中堅、中小企業にも広がっていきました。『地域再生』を錦の御旗にかかげ、地銀が民間の投資ファンドと一緒になって再生をおこなう動きも進み、企業再生ファンドが乱立している状況です。だが、『再生』とは名ばかりで、財務のリストラばかりが進み、事業そのものを再生するノウハウや人材は育っていない。その結果、日本はゾンビ企業が生き残る楽園になってしまった……」

そこで萩原は一旦言葉を切って、彩を見た。

「政府が打ち出した新しい資本主義のグランドデザイン、ごらんになりましたか？」

「ええ、中小企業のM&Aを積極的に促進するって……」

「これが本物のスクラップアンドビルドにつながればいいですが、海外のような大型のM&Aにさらされたら、日本企業はひとたまりもありません。ドイツのダイムラー・ベンツによるアメリカのクライスラーの買収なんて、三百六十億ドルです。こうしたことがあたりまえの世界では、時価総額が大きい外国企業は圧倒的に有利です。たいした資金の負担なしに、どんどん買収に打って出られる。つまり、これからの世界、日本企業はどこでも買収の標的になりうるということなんですよ。そんな時代の転換期に、大田原自工だけ救っても意味がない……」

やはり断わられるのか……暗澹たる気持ちで萩原の目を見つめる。そんなことで翻意させられるとは思わないが、せめて切実な思いを伝えたかった。

「でも、ただ手をこまねいているわけにはいかない……あなたの真剣な言葉に、そう思わされました。大田原自工を守ることが目的じゃない。我々の姿勢を見せること。ただ買われるだけじゃない。きちんと守るべき時は守る、そういう姿勢を見せることが、何かメッセージになれば、と……。もちろん、それだけじゃありません。レアアースを使わないという大田原自工の開発した磁石は製品化されれば大きな強みです。我々はその将来性に賭けたい、とも思っているんです」

やがて萩原はおもむろに手を差し出した。

「ご協力しましょう」

思わず立ち上がる。隣の戸樫もはじかれたように立ち上がった。萩原も立ち上がり、固く握手を交わす。

「我々の祖国は先の戦争に負け、焦土と化した。バブルという狂乱の時代を経て、ハゲタカファンドの跋扈を許したのは第二の敗戦だった。だからこそ今、再びの占領を許してはなりません」

萩原の目尻で、何か透明なものがひとすじ光を放った。

§§

五島に面会のアポを申し入れると、いつものＡＩアンドロイド秘書が無表情な声で「では、五島にお伝え致しますので」と言って電話を切ろうとした。

「あの、待ってください」

「はい？」

「岸本さん、ですよね？」

「……そうですけど」

「ごめんなさい、先日胸の名札を見て、勝手に……。今度、少しだけお話をお伺いできませんか？」

「……私と話しても、何も出てきませんよ」

「あ、そういうことじゃなくて、同じ金融業界に身を置く女性同士、悩み相談とかできたらなって……」

「別に悩みなんて、何も」

「あ、そうですよね。ごめんなさい。もしお時間あったら、って思っただけなんで……すみません」

「それでは」

にべもなく電話が切られたあと、彩は自問した。岸本を引き留めた理由が自分でもよくわからなかった。確かに、会議のたびに彼女が議事録を作成しているのだとしたら、表の情報を知りうる立場にある。だが、五島の裏情報に接することはないだろう。彼女にアクセスして、はかばかしい成果があるとも思えない。だが、彼女のあのアンドロイドのような無表情の裏にあるものが知りたかった。マスクの向こうに隠された彼女自身に触れてみたい。本当はもっと表情豊かなはずの彼女の素顔、それを見てみたいと思った。

あれから三波は家に戻らないままだ。内に秘めたマグマのような熱いかたまり……表から見たタイプは全然違うが、なんとなく彼女の奥底に、三波に似たものを感じ取ったせいかもしれない。洗いかごに伏せられたままの三波のマグカップを見る。なぜ三波は帰ってこないのだろう。北須賀のかばんから遺書を取り出し、撮影したからか。今何を追っているのか……疑問符だけを残したまま、もう三週間あまりが過ぎようとしている。

§§

「CTOには大田原自工から社員の四分の一が流れたそうですね。ご満足ですか?」

五島を前に、怒りがおさえられなかった。

「まさか。四分の一で満足なんかしませんよ。我々の目的は大田原自工を手に入れることですからね」

五島が余裕の笑みを浮かべる。

「あなた方の本当の目的は、仮想通貨、『オールコイン』とやらを発行して、最終的には現金を廃止する。そうすれば銀行の窓口はいらなくなるし、いやおうなしにキャッシュレス化も進む。銀行員もいらなくなって、銀行は絶滅する、そういうことですよね？　ベーシックインカムって聞こえはいいですけど、仮想通貨の脆弱性はご存じですよね？　なぜ仮想通貨を使うんですか？　大田原自工は単に朱維軍と手を組むための口実なんじゃないですか？」

たたみかける彩に、五島が首を振った。

「今のあなたに説明しても、僕の真の意図などおわかりにならないでしょう。説得しようとしても無駄だ」

それでは、今日はもう時間がありませんので、と前回とは打って変わって冷たい口調で言いながら五島は立ち上がった。有無を言わせない雰囲気で彩を扉へと誘う。

「お送りしてきます」

岸本が無表情に言う。五島が一瞬怪訝そうな顔をした。

大丈夫ですよ、と言いかけて、岸本を見ると、微妙に目線が合った。

「あ、そうそう、ついでにトイレの場所、教えてください」

「はい、ご案内します」

「それでは僕はこれで」

軽く会釈して部屋を出た五島の姿が見えなくなると、一緒にエレベーターに乗り込んだ。監視カメラが天井についているのがわかる。一階までたどり着くと、岸本は急ぎ足で「こちらへ」と彩をエレベーターホールの端に連れていった。

「ここはカメラの死角なんです……これを渡したくて」

小さな茶封筒を彩に差し出す。

「なんですか？」

「朱維軍社長との会話を録音したものです。私、いつも議事録を作成するために予備でICレコーダーを回しているんですが、朱社長との面会は議事録いらないから、っていつも部屋から追い出されるんです。前の面会の議事録を作成しようとした時、そのままレコーダーを回しっぱなしにしていたことを思い出して、取りに戻ったら朱社長との面会が録音されていたんです」

「……いいんですか？　こんなことをしたら、あなたに火の粉が降りかかるかもしれない」

「覚悟の上です。私だって、何か世の中の役に立つことがしたい……たぶんこの中に、香月さんが知りたがっている情報が入っていると思います」

「どうして……」

思わず口をついて出た言葉に、岸本は恥じらうような笑みを浮かべた。

「大曲さん……」

「え？」

「大曲さん、高校の先輩なんです。できたばかりのプログラミング部の部長をされていたのが大曲さんで……」

表情を見て、ピンときた。片思い、だったのかもしれない。

「先日大曲さんから、香月さんを五島社長に取り次いでほしいって頼まれたんです。連絡来たの、久しぶりで……何か役に立てないかなって……」

偶然、ではなく、わざとICレコーダーを回しっぱなしにしたのではないか……そう思ったが、敢えて訊かずにおいた。岸本は彩の目をまっすぐに見て続けた。

「これまでずっと、ただ五島社長に命じられたことだけをこなしてきました。まるで私には何の意思もないみたいに……いつでもすげ替えがきく存在であることに耐えられなくなったのかもしれません。香月さんはこの前、電話で私の話を聞きたいって……そんなこと言ってもらったの、初めてなんです」

「ありがとうございます。絶対、無駄にはしません」

岸本の目をしっかりと正面から見つめる。そこには確かな意思の光が宿っていた。

§§

USBメモリに入れられた音源はクリアに聞こえた。朱維軍の日本語は、流暢だが、イントネーションにはかなりの中国なまりがあり、日本に住んで覚えたものではないと思われた。

「朱社長、すみません、お待たせしました。社長の仮想通貨についてのご提案、メールで読ませて頂きました。つまり朱社長がめざしているのは、日本を内側から崩壊させる、そういうことですか?」

五島の声に驚愕する。

「いえいえ、そんなこと、ワタシ言ってませんよ」

笑いを含んだ中国なまりのある声。朱維軍だろう。

「ベーシックインカムを配って、勤労意欲をなくさせれば、日本人の美徳である、勤勉さや努力する忍耐心といったものは自然と失われていきます。そうなれば、円安と低賃金によって、他の先進国に安価な労働力を提供する国に堕していくしかない……そういうことなんじゃないですか?」

「銀行つぶすには、この方法有効ですね。でも、その結果日本人どうなるか、それワタシの知ったことでないです」

「いいんですよ、別に。僕は日本なんか死ねばいいと思ってるんです。この国は、一回死ななきゃ変わらない。財政赤字をどんどん積み上げて、それでもお札を刷り続けて、政治家は無駄にバラマキ続ける……この国は一回死んで出直すしかないんです。銀行が絶滅し、ゾンビ企業が駆逐され、人々が誤った方向にばかり発揮している勤労意欲を一旦ゼロにし、すべてが崩壊して初めて、この国は生まれ変わるんです」

「その考え、お父さんのこと、あるからですか？」

「それもあります。でも、それだけじゃない。この国でスタートアップを立ち上げて、幾多の障壁を乗り越えながら得た自分自身の実感でもあります」

「では、日本の将来、一緒にいいものにしましょう。ワタシ全力、頑張りますよ」

「はい、一緒にやりましょう！」

§§

お父さんのこと、とは一体何だろう。五島舜二のことを改めて何も知らないと思った。とにかく早くこの録音を聞かせたい。小脇にモバイルパソコンを抱えたまま、北須賀たちを探していると、向こうから汗を拭きながら小走りに駆けてくる大曲の姿が見えた。

「彩ちゃん、ちょっと来て」

大曲について会議室に入る。北須賀と美穂がいた。

「遅い」

北須賀が不機嫌そうに腕組みをしている。

「あ、すみません、ちょっと録音聞いてて……」

「何の録音だ？」

「五島社長と朱維軍の会話です」

「よくそんなもの手に入ったわね」

美穂の驚く顔に、彩が答える。

「実は五島社長の秘書さんが、大曲さんの高校の部活の後輩で……」

「何部だったの？」

「プログラミング部だって……」

「さすがフィンテックおたくだな」

北須賀が笑う。

「かたや今をときめく社長秘書。大曲君、差をつけられちゃったわね〜。でも、その後輩さん、よくそんなもの……」

と言ってから、美穂がはっとした顔をする。

「あ、もしかして……」

「はい、その、もしかしてです」

小声で答える。

「うわ〜、大曲君、逆玉の目が出てきたじゃな〜い」

「いや、そんなこと……」

美穂にからかわれ、身をよじって赤くなっている大曲に北須賀が渋面を作る。

「金持ちは社長であって秘書じゃないだろ。いいから早く聞かせろ」

あわててパソコンを開き、スピーカーにして先ほどのくだりを再生する。

聞き終えると、北須賀は腕組みしながら「なるほどな」と言った。

「これ、見てみろ」

彩に書類を差し出す。

「これ……何ですか？」

「興信所に五島の経歴を調べさせたんだ」

大曲が該当箇所を指さしながら続ける。

「ここ、五島の父親は栃木県大田原市で自動車の部品工場を営んでいたんだ。でも、五島が十一歳の時に、倒産してる。そして、家が焼けて両親が死亡。五島は児童養護施設に預けられてる」

美穂が後を引き取る。

「大田原自工がライバル関係にあったとすると、個人的な恨みで買収を仕掛けてるってこともありうるわね。お父さんとお母さんの弔い合戦、とか……」

『その考え、お父さんのこと、あるからですか？』

朱の中国なまりの声がよみがえる。弔い合戦かどうかはともかく、五島が社会に対して何らかのルサンチマンのようなものを持っていることは確かだろう。その恨みの感情が彼を駆り立て、突き動かす原動力になっている……

「だとしたら、彼を止めるのは難しいです」

全員が彩を見た。

「だって、個人的な恨みに端を発しているものって、他人が外から何を言っても無駄でしょう？」

「やけに確信的だな」

北須賀が彩をじっと見つめる。

「……一般論ですけど」

思わず目をそらすと、大曲が助け船を出すように言った。

「でもさ、彩ちゃんの言う通りだと思うよ。動機が個人的なものだとしたら、五島を止めるのは難しい」

「だったら、総理の方からいくしかないわね。仮想通貨で莫大な寄付をもらってる総理の考えを変える……恐らく、『マネーオール』だけじゃなくて、『オールコイン』でベーシックインカムを配る方も含んでの献金ってことでしょ？　五島と総理、どっちを説得するのも難しいけど、少なくとも過去にとらわれてる男よりは扱いやすいんじゃない？　さすがにベーシックインカム構想までは、総理も呑んじゃいないだろうし」

「いや、そうとも言えないですよ。時任総理お抱えの経済学者、庄中平太郎氏がこないだ民放のBS番組で『ベーシックインカム』論を展開してたし、『制度の非効率、不公平を是正する』ってのが時任総理の持論でしょ。基本理念はベーシックインカムと共通するところがありますよ」

大曲が言う。

「だけど、月五万円として、年間一人あたり六十万円配っただけで年間七十二兆円よ。どこにそんな財源があるのよ。無理スジってもんでしょ」

美穂が眉を寄せる。

「社会保障費は百兆円超えてます。これを組み替えればいいって話ですよ。おまけにやっこさんが言っているのは仮想通貨での支給です。ある意味、財源なんて必要ないんですよ」

言ってから、北須賀は目を閉じた。

「問題は、『ＩＴ業界のサグラダ・ファミリア』とも言われる金融系のＩＴシステムが、仮想通貨でベーシックインカムを配るなんて大事業にはとても対応できないってことだ。システムに不具合出まくりで金が手に入らず、すぐに困窮する人々が出る。だからこそ、そういった巨大システムを作れ、ってのが五島の献金の目的だろ。だけど、ベーシックインカムを実現するには、所得を把握して、課税もしないといけない。おまけに公的医療保険や介護保険制度は崩壊して、医療費、介護費は自己負担が増える。治療や介護しきれない高齢者や障害者は切り捨てられて、『はい、それまで』だ。つまり、ベーシックインカムのみで生活するなんてのは、健康もやる気も体力も根こそぎ奪われて死に至ることと同義なんだよ。あらゆる意味で、ディストピア以外の何物でもない」

「でも、総理に僕たちがいくらそれを説いても無駄だろ」

大曲の反論に、北須賀が目を開ける。

「だから香月、おまえが行くんだ」

「え……」

「なんとしても五島を止めろ。それしかない」

§§

久しぶりに保育園を訪れると、小さな園庭に笹の木が立っていた。

「結構デカいっすね」

身長百八十センチの戸樫より頭一つ分高い。

青、赤、黄、白……色とりどりの短冊に、折り紙で作った織姫や彦星の人形、星などが所狭しと飾られている。

園長がにこやかに笑いながらやってきた。「まあまあ、遠いところをようこそ」と彩に一礼したあと、戸樫に目を向ける。

「こちら、一緒にチームを組んでいる永和銀行の戸樫さんです。七夕会の招待状を見せたら、絶対に行く、って聞かなくて」

彩が苦笑いしながら笹の木を見上げる。

「飾り、すごくかわいいですね」

「子どもたちが毎年、隣のアカシア園と一緒に手作りするんです」

「アカシア園？」

「児童養護施設です。親がいなかったり、育てられなかったりする子どもたちが生活しているところです」

園長は隣の赤い屋根の建物を指さした。

「何人ぐらい、いるんですか？」

「今は三十人ちょっとかな。私、ここに二十五年いますけど、昔も今も大体そのくらいです。いつの時代も、親に捨てられたり、虐待されたりする子どもの数って変わらないんですよね」

「あ、じゃあ全然足りなかったです……ごめんなさい」

持参した箱を園長に手渡す。小さなチョコレート菓子が二十五個入っているが、子どもたち全員には行き渡りそうもない。

保育園に入ると、入り口にもう一つ小さめの笹飾りがあった。その下に、白い袋がたくさん置かれている。

「うわ、すごい……何ですか？」

「これ、毎年匿名で届くんですよ。色々なお菓子が入っていて……食物アレルギーのある子もいるので、私たちの方でお菓子は組み替えてますけど、とにかくアカシア園の方にも、こちらにも毎年必ず届くんです。春の新学期前になると、文房具がたくさん送られてきますし、クリスマスにも……たぶん同じ方だと思います」

「素敵ですね」

「ええ、本当にありがたくて……」

ぱたぱたと上履きの音がして、子どもたちが駆け寄ってきた。

「あ、お姉ちゃん！」

みっちゃんが左右違う色のゴムで結わえた髪を揺らしながら抱きついてきた。

「元気だった？」

彩が目を細めると、「うん！」と元気に答える。

「えんちょせんせ、もうプレゼント開けていい？」

ティラノサウルスの絵のついたTシャツに半ズボンの男の子が左手の人差し指を鼻の穴に突っ込みながら訊く。

「だーめ、七夕会が終わるまでおあずけよ。はい、鼻ほじらない」

園長先生はためらうことなく、男の子の指を鼻から引き抜いた。その指を見た隣の男の子が飛びすさった。

「うわあ、きったね～、鼻くそついてる！」

彩がポケットティッシュを差し出すと、ティラノサウルスの男の子が泣きそうな顔で指を拭いた。

「いいの、鼻くそはみんなあるでしょ。お姉ちゃんだって鼻くそ出るよ」

「え、そうなの？」

みっちゃんが大きな目をさらに見開いて訊く。

「そうだよ。だから全然恥ずかしくないの。胸を張って鼻くそほじっていいよ。でも、こっそりね」

彩が笑うと、ティラノ君も笑顔になった。

「このプレゼントにも、『むねをはれ！』って書いてあったよ」

「そうなの？」

「コラッ、プレゼント開けたな？」

園長先生が怖い顔を作ると、ティラノ君はしまった、という顔になって逃げていった。他の子たちが「お兄ちゃん、あそぼ！」と戸樫を引っ張っていく。

「まったく、ねえ」

園長先生が苦笑いしながら彩の方を向く。

「毎年、必ず何か一言入ってるんですよ。去年は『つよくなれ』だったかな。たぶん保育園っていうより、アカシアの子たちに向けたメッセージだと思うんですけど」

「タイガーマスク、ですね」

「ホント、どんな方なのか、一度お会いしてお礼を言いたいんですけど……」

地元の裕福な篤志家、だろうか。杖をついた老紳士の姿が思い浮かぶ。

「あ、そうだ。今日はいいニュースをお知らせしたくて」

彩がはずんだ声を出す。

「配食センターつばさが、これからも園の給食を作ってくださることになりました！」

「え、本当ですか？」

「はい」

「一体、どうやって……」

「市に掛け合って、一人暮らしのお年寄りにお弁当を届けて、安否確認や孤独感の解消につなげる事業を新たに立ち上げてもらったんです。これまでつばさでお弁当や給食を作っている方たちが一軒一軒配送に回っていたんですが、それがなくなったのでかなり楽になりました。その分、他の高齢者施設にも配食サービスが提供できるようになったので、収益が見込めることから、銀行からの融資も増額できました」

「彩さんが……」

「私じゃありません。中心になって動いたのは、彼です」

園庭を指さす。戸樫はワイシャツを腕まくりして、男の子たちとサッカーに興じている。

「銀行さんが、ねぇ……」

「ええ、これからの地方銀行はお金を貸すだけじゃないんです。地元の課題や悩みを一緒に考え、知恵を絞って地域を良くするお手伝いをする、そういう役割を彼らの世代が担っていってくれると思います」

「お姉ちゃん、たなばたコンサート始まるよ！　はい、これチケット」

みっちゃんが手渡してくれた小さな折り紙に「ちけと　ひゃくえん」とクレヨンで書かれて

いる。

「ひゃくえんです」

まじめな顔で言う。

「おっけ、ちょっと待ってね」

ポケットを探る。行きの新幹線の領収書を見つけた。

「はい、百円」

「ちがうよ、これは紙だからせんえんだよ。ひゃくえんください」

トートバッグを探ると、ポケットから髪を結わえるためのピンク色の小さなゴムが出てきた。

「ごめんごめん。はい、百円」

手に載せられたピンク色のゴムを見て、みっちゃんが一瞬首をかしげたが、笑顔になって言った。

「これはお金じゃないけど、かわいいからゆるしてあげます」

「ああ、よかった。チケットください。ありがとう」

折り紙のチケットを受け取る。そうだ、とあらためて思う。「お金」という概念は、物々交換から始まったのだ。ものの価値や値段は人それぞれ。いつのまにか一律の指標を使うようになり、人々は何もかもを金銭的価値に換算し、それに囚われ、縛られるようになってしまった。

だが、本来の「価値」というものは、千差万別のはずだ。ただの石ころが、人によっては大切な旅行の思い出や亡くなった人の形見だったりする。本来、ものの値段など一律につけられないものなのだ……

保育園のパイプ椅子に座ると、やがて拍手と共に園児が入場してきた。アカシア園の子どもたちだろうか。保育園児たちより、少し年季の入った服を着た子どもたちもいる。

「ささの葉さらさら　のきばにゆれる
お星さまきらきら　きんぎん砂子

五色のたんざく　わたしがかいた
お星さまきらきら　空からみてる」

子どもたちの澄んだ声。一人一人の目に宿る輝き……彩の目に、いつのまにかあたたかいものが浮かんでいた。

§

五島と対決する日は、意外に早くやってきた。金融庁が毎月出している広報誌が五島のインタビューをするという話を美穂が聞きつけ、彩を同行させる手はずを整えてくれたのだ。その日も五島はガラス張りの応接室で「マネーオール」に関する持論を得々と展開していた。終了後、香月補佐は別件で五島社長に話があるからと言って、美穂が広報の連中を引き連れて先に帰った。


「インタビュー、お聞きしました。『オールコイン』については話されないんですね」

五島はふっと口をゆがめて笑った。

「霞が関にいらっしゃるあなたならご存じでしょう。ものごとには段階ってものがある。仮想通貨にはまだまだアレルギーを持っている人も多いですからね」

「あなたはご自分のされていることをわかっていらっしゃるんでしょうか?」

五島はこちらを睥睨するような目で見た。

「あなたもしつこいな。もちろんわかっていますよ。荒療治かもしれないが、一度日本は解体して、出直さないと始まらないんだ。旧弊と忖度だらけの霞が関、保身と自己都合しか考えない永田町、既得権益にしがみついて自ら変わろうとしないゾンビ企業……こんな硬直した日本を変えるには、荒療治しかない。いずれにしても、一旦日本は死ぬしかないんです」

「たとえ自殺者が出ても、ですか?」

「再生のために、ある程度の犠牲が出るのは仕方ないでしょう」

「あなたは、それでいいんですかっ!?」

激しい剣幕に五島が彩を見た。

「あなたがしていることは、日本を内側から崩壊させる行為です！　中国にいいように操られて、日本国民の働く意欲を減退させて、成長力をそいで国を衰退させる……それが本当にあなたのやりたかったことなんですか⁉」

五島は口を閉ざしたまま瞑目していたが、やがて立ち上がって窓の方に歩み寄った。リモコンでブラインドを開けると、眼下に新宿の高層ビル群が広がった。

「こういう景色にあこがれていたんですよ。栃木のド田舎なんかじゃなく、ビル街のど真ん中で働きたかった。それが今やどうだ、摩天楼を眼下に従えている。でも、こんなところで僕は満足しません。僕がしたいことは、僕個人が成り上がることじゃない。この国のありようを変えたいんです。この国の子どもたちが胸を張って、強く生きていける社会にしたい」

胸を張って、強く生きていける社会に……五島の言葉を反芻する。「五島の父親は栃木県大田原市で自動車の部品工場を営んでいたんだ。でも、五島が十一歳の時に、倒産してる。そして、家が焼けて両親が死亡。五島は児童養護施設に預けられてる」大曲の言葉が浮かぶ。

「もしかして……タイガーマスクはあなたですか？　『むねをはれ！』ってアカシア園に……」

「僕の来歴まで調べ上げてるんですね」

「ご両親が火事で亡くなったあと、アカシア園に預けられた……」

「火事、ね。そう言うと事故みたいですけど、一家心中ですよ。僕は火の海の中から助け出された。服で隠れてるけど、このあたりケロイドだらけですよ」

左手で背中を指す。

「父が営んでいたちっぽけな部品工場が上部の下請けから取引を打ち切られ、銀行の非情な貸しはがしにあって倒産したんです。二、三ヶ月たまっていた工員たちの給料が払えなくなって、父は『生命保険を使ってくれ』ってメモを残して家に火をつけました。母は忍びなかったのか、僕を家じゃなく、納屋に寝かせたんです。たまに、キャンプごっこって言って納屋で寝てたんですよ。それで僕だけ助かった……」

「部品調達を打ち切った会社が、大田原自工……ですか？」

五島は肯定も否定もしなかった。両親を亡くし、復讐を誓って生きてきた目の前の男を説得する言葉を、自分は持っているだろうか。父の内部告発を握りつぶした人物をあぶり出す……それだけを目的に金融庁にもぐりこんだ自分と同じではないか。発露のさせ方が違うだけで、自分たちは同じ類いの人間だ……

「あなただって、本当はどこかで思ってるんじゃないですか。銀行死ね、日本死ね、って……霞が関にいればいるほど、実態を知って絶望する……違いますか？」

違う、と答えようとして、言葉に詰まった。膨れあがる財政赤字、めぼしい成長産業もないまま物価も賃金も上がらずに三十年……内にこもり、じっと息をひそめてきた日本……この国に明るい未来はあるのか？　何度もそう自問した。

「ね、だから僕を説得しようとしても無駄なんです。僕は別に両親の復讐を企ててるわけじゃない。すべてこの国のためにしていることです。あなただって本当はわかっているんじゃないですか？　僕のようなやり方でしか、もはやこの国は変わらないってこと……」

何か返したいと思っても、言葉が出てこない。彩は硬直したまま、ただじっと五島をにらみつけていた。

「そんな怖い顔しないで。もしあなたにその気持ちがあるなら、こちらに来て手伝ってください。金融庁の二倍はお約束しますよ。ボーナスも入れて、年間トータルで二・五倍。どうですか？　地銀と金融庁での経験とあなたのその情熱を掛け合わせれば、うちならやりたいことが思う存分できる。宮仕えよりずっと自由だ」

「……結構です。摩天楼にもお金にも興味はありません。私は私のやり方で、子どもたちが胸を張れる社会をめざします」

かろうじてそう言うと、五島は寂しそうな笑顔になった。

「まあ、そう言うと思ってましたけど、気が変わったら連絡ください。これ、僕の私用携帯です」

机の上にあったメモに電話番号を走り書きして彩に差し出す。

「またお会いできることを楽しみに……今度は仲間として、ね」

机の上のボタンを押すと、応接室のドアが開いた。

§§

駅に行こうとして、緑に吸い寄せられるように新宿中央公園に向かった。木々の間から太陽の日差しがまばらに降り注ぎ、地面に複雑な模様を描き出している。

なぜあの時、五島に強く反論できなかったのだろう、と彩は自問する。やはり五島に似たものを感じたからだろうか。アカシア園の子どもたちに「むねをはれ！」、と匿名でプレゼントを贈る五島にシンパシーを抱いたからか……どちらも少し違う気がした。苦難続きの人生を生きてきた五島が導き出した解答が、もしかしたら唯一の特効薬になるかもしれない。その可能性をほんの少しでも感じたからこそ、何も言えなかったのではないか――

五島を説得する言葉を持たない以上、彼の計画を止める手立ては別に探すしかない。

ベンチに座り、青々とした銀杏の大木を見上げる。

その時一陣の風が吹き、彩の上に一枚の葉が舞い降りた。手のひらに載せ、じっと見つめる。あちこち切れてぼろぼろになった葉は、それでもみずみずしさを失わず、そこにあった。

大銀杏のある公園で彩を遊ばせながら父がラジオで野球中継を聞いていたことを思い出す。

「ささおか、かわぐち、きたべっぷ！」幼稚園に上がるか上がらないかの頃、意味がわからないながらも、父を真似して言うのが口癖だった。あの年、広島はセ・リーグで優勝したが、日本シリーズは四勝三敗、あと一歩のところまで西武を追いつめながら、最後の最後で連敗を喫して日本一を逃した。旧広島市民球場で開催された最後の日本シリーズ……「見とれよ。すぐ日本一になるけんな」と悔しそうに繰り返す父を覚えている。あれからまだ一度も日本一を達成していない。

銀杏の木を振り仰ぐ。

『お父さん……見てて』

胸の中でつぶやくと、勢いをつけて立ち上がった。

§§

「総理に一億円を超える迂回献金疑惑　妻名義の会社経由で」

週刊東知のトップを飾った記事に、伊坂は目をむいた。

「なんだ、これは⁉」

記事は政治資金収支報告書も調べ上げていた。去年十月に時任総理の資金管理団体「聡和研」に医師会から政治資金規正法の上限五千万円を超える一億二千万円が寄付されていて、それを隠すためか、うち五千万円は妻名義の会社に寄付があったように装って迂回させ、政治資金収支報告書に虚偽の記載をした疑惑がある、と書かれている。診療報酬のプラス改定への働きかけと見られていて、私的な金庫番を務めていた秘書官の森山が自殺したことについて、迂回献金に関連があるのではないかと結ばれている。

伊坂は記事を持ったまま立ちすくんだ。一体誰がこんな情報を……今日、記事が出るまで、自分にも、周囲にもまったく記者からの接触はなかった。にもかかわらず、事実関係はおおむね正確だ。誰かリークした者がいるに違いない……。徹底的に犯人をあぶり出す必要がある。

伊坂は椅子を蹴って立ち上がると、総理の部屋に急いだ。

「これ、おまえか？」

大曲が週刊誌を手に北須賀のデスクの前に仁王立ちしている。

「んなわけねーだろ。俺は今危機管理に当たってる本人だぞ。こんなもんリークしたら自殺行為だろうが」

「じゃあ、僕たちの他にも森山さんの死について調べてたやつがいるってことか」

「さあな。だが、これで俺たちもお役御免だな。漏れちゃあしょうがない」

「気になるのは医師会の方だけだってことだな。五島の話は一切触れられてない……」

「仮想通貨だからな。オールドメディアはその辺弱い」

北須賀がバカにしたように鼻を鳴らす。

「医師会の方がニュースバリューがあるってことか」

大曲が返すと、北須賀が首をかしげた。

「それより、週刊東知ってのがちょっとな……」

「ん？」

「あ、いや、どうせなら『文春砲』の方がお約束だろ」

北須賀が冗談めかして笑ってみせると、大曲が真顔で続ける。

「それより、五島が手を組んでるＣＴＯについて、気になることがわかったんだ。社長の朱維軍だけど、中国人民解放軍の元幹部なんだよ」

「だろうな……」

「わかってたのか？」

「大方そんなとこだろうとは思ってた。中国政府が裏にいるってことだろ」

北須賀が冷静に答える。

「大田原自工の技術は当然軍の装備にも転用可能だ。あの国に軍事と民間の境目なんて存在しない。主導してるのは政府だ。海外企業の買収とか、強制的な技術移転で民間の技術を奪い取って、軍事的な優位性につなげようとしてる。日本にとっちゃ死活問題だ」

北須賀の言葉に、大曲が眉根を寄せる。

「あとは永田町がこのあとどうなるか、だな。当然、野党から不信任決議案が出るだろうし、下手したら総理がお縄ちょうだいだ。五島がもくろんだ静かなる侵略も潰えて、総理がぶち上げた国際金融センター構想もおじゃん……森山さんが一枚噛んでいた以上、金融庁も穏やかではいられない」

北須賀が言うと、大曲がため息をついた。

「嵐の前の静けさ、か」

窓の外を見ていた北須賀はやおら立ち上がると、「悪い、ちょっとはずすわ」と片手を上げて出て行った。

麻由美がパソコンの画面を通してこちらを見ている。

「森山の願いは、本当のことがきちんと明るみに出て裁かれることだったと思います。だから、胸のつかえがおりました」

「週刊誌になってしまってすみません……」

三波が頭を下げる。となりの画面で彩が一緒に頭を下げた。記事が出てから、森山の家には連日メディアが押しかけているという。三人で顔を合わせたかったが、さすがに森山の自宅に集まるわけにはいかず、オンラインミーティングにした。

§

「東知新聞の一面でやりたい、って言ったんですけど、事実固めが弱いって言われてしまって……本当は幹部が弱気になったんだと思うんです。誤報だったら編集局長の首が飛びますし、私の取材なんか信用できない、命かけられるかってことだと思います……」

「いいんです。もしこの話を週刊誌に持っていったのが三波さんだってわかったら、大変なことになるんでしょう？　しかも三波さんにとっては、何の得にもならないのに……」

「損とか、得とか、そういうのに疲れちゃったんです。ああなったらこうなる、みたいな計算を抜きに、純粋に記者として正しいことをしたいなって……麻由美さんを見ていて、そう思いました。あと、彩も……」

三波が一旦言葉を切る。

「彩が情報を提供してくれなかったら、ここまでの記事にはできませんでした」

「彩さんも、本当にありがとう」

麻由美が頭を下げる。三波に対しては、割り切れない気持ちもあった。たとえ記者としての使命に駆られていたのだとしても、恋心を装って北須賀に近づき、不正な手段で資料を盗み見て撮影する……決して許されないことを三波はした、と思う。だが、それに目をつぶって三波に情報提供したことは正しかったのか。今はまだわからない。五島の企てを止めるには他に手段がなかったことは事実だ。だがそれだけじゃない。何かもっと大きなものに突き動かされた気がする……

「それより、森山審議官を巻き込んでしまうことになって……」

彩が頭を下げると、麻由美が首を振った。

「いいの。あの人が総理の片棒をかついでいたことは事実ですもの。あの人も責めを負うべきです。でも、せめてあの人が無駄に死んだことにはしたくなかった。きちんと裁かれるべきことが明るみに出るなら、あの人も本望だと思います……この記事が出た経緯、絶対誰にも言いません。あっちに行ったら、森山には報告しようと思います」

「はい」

彩がうなずくと、三波が「そんなの忘れちゃうくらい先のことですけどね」と笑った。

「だといいけれど……」

麻由美が寂しそうにほほえむ。

「最近、食欲がなくて……一人だとね、ご飯がとてもまずいのよ。それと、やっぱり家から一歩も出ないのが良くないのかもしれないわね」

「あ、じゃあ、おいしいたこ焼きの店あるんで、今度三人で一緒に行きませんか?」

思わずぎょっとして三波の画面を見る。

「あ、いえ、やっぱり三人で行くのはまずいですね。今度持っていきます。あ、それもまずいか。じゃあ、どっかから送ります!」

「ありがとう。お気持ちだけで十分よ。届く頃には冷めちゃうし」

麻由美が笑う。

いつの日か、本当に三人でたこ焼きを囲める日が来るといい。願いながらパソコンの画面を見つめる。麻由美の後ろに置かれた写真の中の森山がふっと頬をゆるめた気がした。

§§

「医師会の件、なぜ私があなたに協力したか、知りたいですか?」

先日と同じ喫茶店の同じ席。春日が彩を正面から見る。

「あなたのお父さんに似ている……そう思ったからです」

思わず息を呑む。

「父を……ご存じなんですか？」

「私が大阪の地銀出身なのはご存じですよね。あなたのお父さんは、広島にある運送会社で経理をされていた。あの会社は三十年以上も粉飾決算をしていて、取引金融機関は二十に及んでいたんですよ。大きな支店を大阪にお持ちだったのでうちもその一つで、私が担当だったんです。ある時会社を訪れた帰り、香月さんのお父さんに引き留められました。粉飾の事実をつかんだという相談でした。なぜ私だったのか……たぶん私の叔父、大関が金融庁にいるってことをどこかで知ったんでしょう」

「それで……」

喉が詰まってうまく声が出ない。

「私は言ったんです。私ごときに言っても物事は変えられない。内部告発をすべきだ。アメリカなんかではこのやり方で大企業がバンバン倒れてるって」

そこで一旦言葉を切って、春日は遠い目をした。

「若かったんです、私も。そんなきれい事がまかり通ると、本気で信じてたんですから。香月さんは、私のアドバイスを素直に喜んでくれて、告発文を書くからできれば届けてほしい、と頼まれました。もちろん私から手渡すなんてことはできないけれど、きちんと監視委に届くように手配するから、安心してほしいと言いました。でも……」

そこで春日は苦しそうな表情になって、カップの底の方にわずかに残ったコーヒーをあおって飲み干した。

「私がバカだったんですよ。正しさがまかり通ると、この国の正義を信じていた。お父さんの内部告発が書かれた文書を、叔父に手渡したんです。しかるべきところに届けてほしい、と。そして、渡った先について、自分に教えてほしいとも伝えました。叔父は告発文を受け取って、『わかった、連絡する』と答えました。だけど、待てど暮らせど何の連絡も来ない。一週間が過ぎたある日、金融庁の叔父の部屋をたずねました。叔父は不在だったので、秘書さんがお茶を出してくれて、私はそのまま部屋で叔父が帰ってくるのを待っていたんです。ちょうど花粉の季節で、持病の鼻炎がひどかった私は洟(はな)をかんだちり紙を捨てようと、ゴミ箱に近づきました。その時、見つけてしまったんです。ひねられ、うち捨てられていた封筒を。封筒を開けてみると、中身は入っていませんでした。おそらくシュレッダーにでもかけたんでしょう。そのあと調べてみたら、お父さんの会社の会長であるお祖父(じい)さまの下で社長を務めていたのは、当時の総理の大学同期。今でも家族ぐるみでとても親しくされている方でした」

春日はうつむき、頭を抱えた。

「それで、父には……」

春日はうつむいたまま、呻吟(しんぎん)するような声で答えた。

「とても言えなかった……まもなく、お父さんの会社の担当をはずれたのをいいことに、連絡を絶ちました。なんて言えばいいかわからなかった」

「どうしてですか？　大関さんのところでひねり潰されたなら、また別のルートを探せばよかったじゃないですか。あるいは父が自分で探すこともできた。なぜ言ってくれなかったんですか？」

「……恥ずかしかったんです。『必ず届ける』と気負ってあなたのお父さんから預かった告発文をあっさり叔父にひねり潰され、香月さんに顔向けできなかった。若さゆえのプライドもあったと思います……」

「そんな……内部告発をひねり潰した大関さんは今、金融庁長官です。一方、父は自殺した。あなたが口をぬぐったせいで……」

「わかっています。叔父が長官にのぼりつめた今、私は内側からここを変えたいと思った。しかるべきタイミングで、あの告発文のことも持ち出すつもりでした。そこへ森山さんの一件が起きた。私は時任総理が森山さんの死を一顧だにしないさまを見て、霞が関だけじゃない、永田町も腐っていると思いました。政治と行政のあり方を変えないと、この国は滅びる……だけど、一体どうすればいいのか……」

「……あなたに、そんなことを言う資格はないと思います」

彩は立ち上がり、深くうつむいたままの春日を置いて、店を出た。

§§

自宅マンションに戻ると、エントランスの前に北須賀が立っていた。

「遅かったな」

「どうしたんですか……」

「おまえだろ、週刊東知の記事」

何も言わず沈黙していると、北須賀が「ちょっといいか」とマンションを指さした。

彩がうなずくと、北須賀が「あ」と声を出した。一人暮らしの女性の部屋に上がるのはまずいと気づいたのだろう。

「三波と同居してるんですけど、今不在にしてます」

「悪い。外じゃちょっと話しにくいんだ」

うなずいて、マンションの玄関ドアを開ける。


部屋に上がると、北須賀は物珍しそうに室内を見回した。

「どうぞ、座っててください」

ダイニングテーブルの椅子をすすめる。

「なんか女性二人の部屋って感じしないな」

「どういうことですか?」

「もっと部屋の中がピンク色で、うさぎのぬいぐるみとか、そういうのが置いてあるのかと思ってた」

「小学生じゃないんですから」

彩が苦笑しながら台所から日本茶を運ぶと、北須賀はうまそうにすすった。

「これ」

北須賀がA4サイズの封筒を差し出す。

「なんですか？」

「こっちは美穂さんが手に入れた、五島舜二と大関長官の面会の議事録。『オールコイン』の実現について前向きに検討する、と発言してる。こっちは大曲が入手した大関長官とその妻のネットバンキングの電磁的記録」

「え、入手って、そんなことしていいんですか？」

「いいわけないだろ。だけど、デカい正義のためには、必要な時もある」

「で、記録には何が……」

「大関さんの妻にCTOから五千万振り込まれてる。セットで東京地検に差し出せば、収賄罪が成り立つ可能性が高い。因果関係を証明するのが、ちと厄介かもしれんがな」

「だったらすぐに……」

「おまえが好きなようにしていい」

「え？」

「大関さんとの一騎打ちの材料に使ってもいいってことだ。もちろん最終的には司直の手に渡るようにするって条件付きだけどな」

「……知ってたんですか？」

「あたりまえだ。おまえの不審な動きを見てればわかる」

「でも、大関さんの妻の口座にも振り込まれてるなんて、どうやってわかったんですか……」

「春日さんだよ。俺に言ってきたんだ。おまえのお父さんのことも春日さんから聞いた」

「……そうだったんですね」

「まもなく解散総選挙だ。大関さんもお縄になって、金融庁も大改革を余儀なくされる。嵐が起こる前に、やりたいことがあれば済ませておけ」

「……ありがとうございます」

目をつぶり、しばし沈黙していると、ふと海の匂いを嗅いだ気がした。

「北須賀さん、ちょっと一緒に行ってほしいところがあるんですが……」

「あ?」

「気が早いですけど、明日でもいいですか？　休日だから、どうせ暇ですよね」

「どうせ、ってのは聞き捨てならないが、まあその通りだ」

「じゃあ明日の朝、東京駅に八時でお願いします」

§§

呉(くれ)の港が見える場所に母の施設はある。認知症を発症した母を初めて高齢者施設に連れてきた時、どうしても嫌がって中に入ろうとしなかった。だが、迎えた職員に、食事を取る広い部屋から海が見えると聞くと、子どものように喜んだ。海は、母にとって楽しい時代を象徴する場所なのだろう。父と母と三人で訪れた海の写真は、いつも父の仏壇の特等席に飾られていた。いちごの柄の水泳帽に赤い水玉のついたワンピースの水着。すいか柄のビーチボールを手に両親に挟まれて笑う自分は、まだ小学校にも上がっていない。どこの海かもわからないその一枚の写真は、幸せな瞬間を真空パックにして閉じ込めたかのように見える。母は時折、その写真を手に取って眺めていた。何を思っていたのだろう。

最後に訪れてから、もう二年近くになる。金融庁に入ってから、ほとんど訪れる時間がないまま、時折電話で話すだけになっていた。最近では認知症が進行し、まだらぼけの状態で、まともな会話ができる時もあるが、長くは続かなくなっていた。母との間に流れる沈黙の長さは、そのまま母との心理的な距離と比例している気がする。父の死という圧倒的な不幸を前に、互いをいたわり、慰め合う関係だった母と娘の間にもはや共有するものは何もなく、ただ無色透明な沈黙だけが横たわっている。そのやりきれなさに、彩の足は施設から遠のいていた。

「英美子さん、ここのところすごく体調がいいんですよ」

案内する職員が彩の気を引き立てるように言う。黙って後ろからついてくる北須賀を値踏みするようにちらちら見ている。どういう関係か、はかりかねているのかもしれない。

「お母さん、お庭にお連れしましょうね。今日は晴れていて気持ちがいいから」

職員が押す車椅子で庭に出てきた母の姿に、彩は胸を引き絞られる気がした。若い頃、肩まであった豊かな黒髪は、総白髪に変わり、男性のように短くカットされている。薄い体を包む花柄のパジャマは色あせ、ずいぶん長いこと着ているように見えた。いつも気にしていた目の下のくまは消え、かわりに薄く黄色い皮膚が細かいしわを作っている。

母の車椅子をベンチに寄せ、隣に腰を下ろした。北須賀は所在なさそうに一つ向こうのベンチに座っている。その様子を見届けると、職員はこれで、と言って施設の中に戻っていった。

母の視線は所在なく庭の中をさまよっている。

「お母さん、久しぶり」

母からは何の反応も返ってこなかった。

「あのね、見つけたんよ」

母が無邪気な顔で彩を見上げる。彩を見つめる澄んだまなざしは、まるで童女のようだ。

「お父さんを苦しめた人」

母が首をかしげる。

「お父さんを殺した人」

その途端、母の形相が変わった。まるで能面の早変わりのように、童女から般若へと様変わりした。その瞳に力が宿ったのを見てとると、彩は言葉を重ねた。

「今、私が働いとる金融庁の偉い人。まだ悪いことしとる。また一人、人が死んだ。ひどい人……」

「大関さん……」

「え？」

母の口から飛び出した言葉を聞いて、耳を疑う。

「なんで知っとるん？」

「……東京の」

「会ったん？」

「春日さんがお父さんから文書を預かっとるのを見たの。叔父のところに届くようにするからって……だから止めてもらおうと思って」

「会えたん？」

母が首を横に振る。

「大関さんに電話した。あの手紙は捨ててくださいって」

絶句する。父の告発を握りつぶすよう頼んだのは、母だったのか。

「なんで⁉」

母の肩を揺さぶる。

「なんでそんなことしたん⁉　そのせいで、お父さんは……」

「あの会社はあんたのおじいさんが立ち上げた大切なものじゃけ……つぶすわけにはいかん」

膝から崩れ落ちる。うそだ。母が父の告発より、創業一家としての立場を優先したなんて……うそだ、うそだ、うそだ……

「でも、結局、会社もお父さんもなくなった……」

つぶやくように言って、母の目から力が失われた。

「お母さん、ちょっと待ってよ！　まだ訊きたいことがいっぱいあるの！　お母さん!!」

肩をいくら揺すっても、もう母はこちらを見ようとはしなかった。

母の膝に突っ伏すと、膝掛けの下からぬくもりが伝わってきた。何か禍々しいもののように感じ、こぶしで殴りつける。何度も、何度も。それでも、母はもう何も言わなかった。まるで重荷を下ろした人のように、透明な瞳でどこか遠くを見ている。今まで見たことのない穏やかな表情。わずかに開いた口元は微笑んでいるようにも見える。

後ろから大きな手が彩の両脇を支えて立ち上がらせた。

「もう、いいだろ」

いつのまにか目から大粒の涙があふれ出していた。涙は幾重にも頬を伝い、首筋に流れ込む。

「大関さんじゃ、なかった……」

つぶやくように言うと、北須賀が首を振る。

「それでも、長官が告発を握りつぶしたことには違いない」

「でも……」

「お母さんの嘆願は、あくまでも判断の一助にすぎないだろ」

折からの強い風に母の膝掛けがめくれ上がる。

「風が出てきたから入ろう」

車椅子を押す北須賀の後を歩く。もはや何も考えられなかった。なぜ自分はここに来たのか、なぜ金融庁に入ったのか。一体何がしたかったのか……ただ一つ言えることは、憎むべき相手と信じてきた人間は、実はそうではなかったということだ。大関長官が父の告発を握りつぶした背景には、母の嘆願があった……

母は部屋に戻る途中で眠ってしまっていた。母を看護師と北須賀が二人がかりでベッドに持ち上げる。しばらく見ていたが、目を覚ます様子はない。持参したハナミズキをガラスの花瓶にいけて部屋を出る。

看護師が「きれいですねえ」と声を上げた。

「おまえ、案外怖いやつだな」

「どうしてですか?」

彩が憮然とした表情で訊く。

「ハナミズキってのはキリストを磔(はりつけ)にする十字架に使われたんだよ。キリストが復活したあと、十字架に使われたことを悲しむハナミズキに、キリストが言ったんだ。『二度と十字架にならなくてすむよう、細く折れ曲がった木にしてあげよう』って。それで、こんな形になったらしい。花びらが十字架みたいだろ」

看護師が感嘆の声を上げる。

「お詳しいですね。どこで聞かれたんですか?」

「実は小さい頃、ちょっと教会に通っていた時期があって……」

「まあ、素敵。うちの理事長もクリスチャンなんです。毎年、すごく立派なクリスマスツリーを飾るんですよ。また見に来てくださいね」

笑顔の看護師に見送られて施設を後にする。


「大丈夫か?」

「……はい」

「広島に戻って、お好み焼きでも食うか」

「……はい」

「心ここにあらず、だな。じゃあお好み焼きの前に、俺が行きたいとこ、ちょっと寄ってくぞ」

§§

さわやかな青空が視界に入らないよう、うつむいて歩く。通り過ぎる景色も人も、まったく目に入らない。時折、道行く人にぶつかって舌打ちされたりしながら、北須賀の後をひたすら歩く。

やがて、だだっ広い場所に出た。見覚えがある景色……遠足か、社会科見学かで来たのだろうか……

「あ、ここ……平和記念公園、ですか？」

北須賀は何も言わず、ぐんぐん前だけを見て歩いていく。

やがて一本の木の前で立ち止まった。北須賀の隣に立って見上げる。

目の前の銅板に書かれた説明文には「被爆したアオギリ」と書かれている。爆心地から千三百メートルの広島逓信局で被爆し、爆心地側の幹半分が熱線と爆風で焼けてえぐられたが、その傷跡を包むようにして成長を続けている木——

「父親が昔、俺をここに連れてきたんだよ。まだ五歳くらいの時だったかな」

父親、という単語が北須賀の口から出るのは初めてだ。

「北須賀少年がまだかわいかった頃ですね」

敢えてふざけてみる。

「俺の心はまだ少年のままだ」

「……お父さんかっこよかったですか」

「かなりのイケメンだったらしい。母親は正直、お世辞にもきれいとは言えない見た目で、でも頭だけは良かった。俺はいいとこどり、遺伝子の勝利だ」

「……それはさておき、お母さん、イケメンゲットできるなんてうらやましいです」

「ヒモだからな。父親は完全に無職。朝からパチンコに出かけて、昼間から酒飲んで……相当もてたんだろう。夜、家に戻らないなんてこともザラだった。で、ある日突然いなくなったんだ。パチンコに行くみたいに財布だけ持ってふらっと家を出て、そのまま帰ってこなかった。そのうちまた、出て行った時みたいにふらっと帰ってくるだろうと待ち続けたが、結局行方知れず。母親は嘆いているところなんかこれっぽっちも見せなかったが、俺にはわかってた。母親が全身で泣いてるってこと。だから俺は感情のスイッチを切った。ゲームしてる時が一番楽だ」

「お父さん、いなくなっちゃったんですね……」

北須賀はそこでふっと小さく笑った。

「だけどあの人、なんか憎めないんだよな。今でもここに来ると思い出すんだよ。あの人が自分の父親の自慢してるとこ。おい、オレの父ちゃんはな、アッツ島で闘ったんだぞ。アッツ島って知ってるか？　アラスカだぞ。初めての玉砕があった場所だ。『遠い祖国の若き男よ　強くたくましく、朗らかであれ　懐かしい遠き祖国の若き乙女たちよ　清く美しく、健康であれ』ってな」

「何ですか、それ？」

「玉砕せる一兵士の遺書。どこで発見されたものか知らんが、父親がいつもそらんじてた。なんか俺に残した言葉みたいな気がしてさ。忘れられないんだ」

「記憶、ってナゾですよね。なぜかわからないけど、この場面ばっかり再生される、っていうのが私にもあります」

大須賀町の居酒屋で濃いめに作った芋焼酎のお湯割りをちびちび飲みながら、広島の歴史を語った父の横顔。いや、正確には、その時ほの暗い電灯の下、父の頬にさしていた影をよく思い出す。

「再生な……このアオギリも枯れ木同然の状態から、原爆翌年の春に奇跡的に芽吹いて今も生き続けてる。すごいよな」

言ってから、北須賀は大きくのびをした。

「そういえば、どうして俺を連れてきた？」

「どうしてでしょうね……怖かったのかもしれません。自分がこのあとどんな決断をするか。父は誰にも相談せずに決断して、一人で死んでいきました。誰か、私の決断を見守って、覚えていてくれる人が欲しかったのかもしれません」

「バックアップメモリーか」

小さな笑いがこみ上げてきて、息を吐く。

「そうですね。大曲さん風に言うと、そういうことかもしれません」

「どうするんだ、アレ」

「一騎打ち、してきます」

「そうか、明日『決戦は月曜日』だな」

「それを言うなら『金曜日』ですけど……北須賀さん、一々ちょっとずつレトロですよね」

笑いながらアオギリを後にする。スマホで一枚だけ写真を撮った。アオギリを見上げる北須賀の横顔。抜けるような青空を背景にした北須賀の頬に、影はさしていない。

光が満ちる平和記念公園を歩いていると、かつてここで無差別の大量殺戮がおこなわれたことなどみじんも感じられない。アメリカが投下した「リトルボーイ」によって殺された十四万人は、今何を思うのだろう。いまだ後遺症に苦しむ人も多い。惨状は記録され、人々の記憶に刻まれた。人間が生んだ負の記憶。命を奪われ、涙を強いられてきた人々の声を記憶すること、それが唯一、私たちにできることなのだろう。負の記憶を封印しないために、今、私ができること。

§§

「うそ、大関長官のことまで出てる！」

朝八時半。美穂の叫び声に、部屋にいた全員が目を伏せる。みんなすでに朝刊を読んで知っている。

「ねえねえ、びっくりしたんだけど」

「美穂さん、いい加減、家で新聞取ってくださいよ」

北須賀が美穂を軽くいなす。

「っていうか、北須賀君なんでこんな時間にいるの？　やっぱりコレのからみ？」

北須賀が苦笑いしながら、彩に目配せする。早く行け、という合図だ。軽くうなずいて部屋を後にする。扉の前で一度立ち止まって大部屋を見回す。もしかすると、もう二度と戻ることはないかもしれない場所。昨日のうちに荷物はまとめておいた。金融庁の無機質な廊下を歩きながら、記憶をたどる。大田原自工の頑固社長の苦笑い、永和銀行の戸樫の照れくさそうな笑顔、配食センターつばさで給食を作る女性たちの弾んだ笑顔、保育園で口をケチャップだらけにしながらオムライスを頬ばるみっちゃんの笑顔……すべてこの仕事をしていなかったら出会えなかった人たちだ。本当にいいのか？　もう一度自らに問う。

迷っている間に、目的地に着いてしまった。金融庁長官室。秘書の女性に取り次ぎを頼むと、事前に面会を申し入れていたので、すぐに通された。

長官室に入るのは入庁以来、初めてだ。緊張に足が震える。大関長官が振り返った。

「長官、お忙しいところ申し訳ありません」

大関が座っていた椅子から立ち上がった。目の前にけさの東知新聞がある。二人の目線が一面トップ記事の上で交わった。

「その記事のことで、と面会の申し入れがありましたが」

「はい」

小さく息を吸い込む。

「この記事は、私が書かせたものです。ＣＴＯや五島社長のことをずっと調べていました。『オールコイン』やベーシックインカム構想のことも。その中で、長官の存在が浮かんできました。長官の奥様に五千万円が振り込まれていることもわかりました」

「その五千万円は、私の妻がやっている会計事務所への謝礼です。CTOの経理や税務処理をまかされているのでね。何ら、やましい金ではない」

「確かに表向きはそうなっていますが、奥様の会社が経理を担当しているという事実はありませんでした。賄賂、と受け取られても仕方ないと思います」

「アドバイス料ということもある」

発覚した時のために、言い逃れる方法はいくつも考えてあったはずだ。水掛け論に終止符を打ち、核心に入る。

「長官は、本当に五島社長のベーシックインカム構想を実現させることが正しいと思っていらっしゃるんですか?」

「一つの解ではある、と思いますよ。今この国が解決すべき最大の課題は、汗水流して働いている人が、なぜ貧しいままなのか、ということです。正規と非正規の格差も大きい。これからはAIに色々な人の仕事が奪われる可能性もある。国際競争力向上のためにAI化を進めるなら、仕事を奪われる人たちのためのセーフティネットも必要だ。新しい仕事に移るための学び直しも必要です。その時にベーシックインカムがあれば助けになる。二〇四〇年には、六十五歳以上の高齢者の数が過去最高になります。生涯現役を支えるためにも、ベーシックインカムで賃金を補完するという発想は、決して無謀なものじゃありません」

「そういう考え方があることは知っています。でも、CTOの後ろには中国がいるんです。朱維軍は中国人民解放軍出身です。このまま日本経済を中国の手に渡すようなことになってもいいんですか？」

「それは下衆の勘ぐりというものです。そのようなことにはなりません」

このまま議論を続けても埒があかない。彩は最後のカードを出した。

「私の名前『香月』にご記憶はありませんか？」

大関長官が眉をひそめ、怪訝そうな顔になる。

「十年ほど前、ある会社について粉飾決算をしているという内部告発文が届けられたと思います。そして、それが取りざたされないように一本の電話が入った……覚えていらっしゃいませんか？」

大関は一瞬記憶を探るような顔をしたが、すぐに首を振った。

「いえ、特には」

「内部告発文を書いたのが、私の父です。そして、電話をしたのが私の母。父は母方の祖父が創業した会社の従業員でした。金庫番をまかされているうち、粉飾の事実に気づき、内部告発文を出した。それをあなたは握りつぶした……もちろん母がそれを止める電話をかけたのは事実です。でも、あなたはそのどちらも覚えていない。そういうことですね」

「……当時どこの部署にいたかわかりませんが、おそらく自分の職務の範囲ではなかったのでしょう」

「長官は当時、証券取引等監視委員会の総務課長でした。決して無関係じゃない。しかるべき部署につなげば良かったはずです。地元の地銀は祖父の会社の粉飾を知った上で融資し続けていた。長官はかつて地銀担当である銀行二課長を経験されていますよね。事実が明るみに出れば、そのあおりで地銀が倒れる可能性がある……それを危惧されたのではないですか？」

　大関は机の上の新聞をにらみつけたまま、何も言わない。彩は大関に一歩近づいて、印籠のようにスマホの画面を見せた。

「井上頭取、大関長官の一番上のお姉さんのご主人ですよね。井上さんは当時、融資担当の役員でしたので、不正な融資があれば、当然責任問題に発展します。井上頭取を守りたかった……長官は不正融資の事実を二課長時代からすでに知っていたのではないですか？」

　大関はちらりとスマホを見たが、すぐにまた机に視線を戻した。だが、大関の拳が小刻みに震えているのを彩は見逃さなかった。

「そしてもう一つ、祖父の会社で社長を務めていたのは、当時の総理の大学同期でした。そうと知っていたからこそ、父の告発を握りつぶした……」

「何を言ってるんだ！」

　大関が顔を上げ、気色ばんだ。

「あなたが握りつぶした告発のせいで、父は苦しみ、自殺しました。父は他に誰も頼ることができなかったんです！　取引銀行は粉飾の事実を知った上で不正融資を重ね、地方紙は祖父が地銀創業者の一族で地元の名士であることを知っている。どこに持ち込んでも、握りつぶされることがわかっていたからこそ、最後の砦(とりで)としてすがるような思いで託したんです。そして今回は森山さんが亡くなった……あなたは森山さんがさせられていることを知っていた。知っていて、今回も見て見ぬふりをした」

大関が苦いものを噛んだような表情になった。拳の震えが大きくなったように見える。

「あなたがそうやって、ないものとしてきた負の事実の積み重ねが二人の人間の命を奪ったんです！」

大関はしばらく沈黙していたが、やがて開き直ったような顔で、彩をひたと見据えた。

「それで？」

「あなたに、ここにいる資格はないと思います。辞任してください。それから、こちらは私の辞表です。お受け取りください」

私も、ここにいる資格はない。私怨を晴らすため、組織内の人間を利用して情報を探り、表に出した。霞が関は軍隊だ。組織内の倫理や哲学は絶対だ。外の論理を持ち込み、組織を脆弱にする者は、何人たりとも許されない。もっと皆といたかった。北須賀や、大曲、美穂と、もっともっと日本の未来を論じていたかった。自分はまだ何もしていない。結局、霞が関は自分にとって、父の復讐をするためだけの場所でしかなかったのか……

大関はしばらく彩が差し出した白い封筒を見つめていたが、やがて静かに首を振った。

「私が受け取るべきものではありません。あなたの上司か、秘書課にお出しなさい」

そして戸口の方に目を向け、身振りで彩を促した。

「……お邪魔しました。失礼します」

扉を開けて出る時、もう一度大関を見た。大関はすでにこちらに背を向けて後ろで手を組み、静かに窓の外を見ていた。

§§

翌週の金曜日。とりばんばは相変わらず満席だ。店員をつかまえて美穂が矢継ぎ早に注文を繰り出している。

「相変わらず、すごい量頼みますね……」

北須賀が食傷気味といった顔でつぶやく。

「当たり前じゃない。首班指名も終わって新内閣発足、これから金融庁改革もあるし、嵐が来る前にいっぱい食べとかないと」

「まさか時任総理と大関長官、両方辞めちゃうとは……ですね」

大曲が言う。

「まあ、それもこれも、こいつの暴走のせいだけどな」

北須賀が親指で彩を指す。

「……すいません」

「正義の暴走、いいじゃない。あたしそういうの好きよ」

髪をかき上げた美穂を、隣のテーブルのサラリーマン二人組がよだれを垂らしそうな顔で見ている。

「こいつ、こないだ辞表握りしめて廊下歩いててさ……」

「もうやめてくださいよ」

皮肉めいた表情の北須賀をあわてて止める。

「私はここにいる資格ありません！　とか喚いててさ。まずはもらった税金分働いてからやめろっての」

大曲が北須賀を遮る。

「何言ってんだよ。官邸から金融庁から、全部掃除してきれいにしたの、彩ちゃんだぜ」

「クリーンナップ大作戦」

美穂がおもしろそうに笑う。

「あ、ちょっと待っててください」

ポケットで震えたスマホを取り出し、店の外に出てかけ直す。


「もしもし、香月です。麻由美さんですか？」

「すみません、お電話お返しするの遅くなっちゃって……今日は主人の月命日だったのでお墓参りしてきたんです」

「そうでしたね……実は、ちょっと麻由美さんにご相談があって」

「何でしょう？」

「今度、麻由美さんのご自宅から三駅のところに、フリースクールができるんです。学校に行きづらい子どもたちが集まる場所です。そこに、今一緒にお仕事している配食センターつばさっていうところが、東京にも拠点を作ってケータリングでお昼を出してくれることに決まったんですが、配膳とか手伝ってくださる方を探していて……麻由美さん、もし手が空いていたら、お願いできないでしょうか？」

しばし沈黙があった。

「なんていうんですか？」

「え？」

「フリースクールの名前です」

「ああ、『みんなんち』って言うんです。みんなのおうち、って意味だそうです」

「みんなんち……」

「言いにくいですよね」

彩が笑うと、麻由美も「ええ確かに」と言って、小さく笑った。

「私ね、探してたんです」

麻由美が一度言葉を切った。

「ずっと、探してたんです……居場所。森山と、退職したら居場所がない子どもたちのために民生委員やろうって話してたんですが、本当に居場所を見失っていたのは、森山自身だったんだと思います。そして私も……だから、すごく嬉しい。ありがとうございます。是非やらせてください」

麻由美の湿り気を帯びた声に、こみ上げてくるものがある。あわててぐっと飲み込み、ことさらに大きな声を出した。

「はい、よろしくお願いします！」

スマホを耳に当てながら、深々と頭を下げる。

電話を切ってふと見上げると、高層ビルに切り取られた空に満月がかかっていた。太陽ほどの明るさはないが、ぼうっとゆるやかにあたりを照らしながら、みんなを見守る夜の月。行き場をなくした子どもたちに、「むねをはれ！」と書いた五島を思う。

あれから、五島はすべてを捨ててアメリカに渡った。ニューヨークの大学院に行くのだという。もう一度勉強してみたくなった、とメールに書いてあった。MBAでも取るのかと思ったら、映画学科だという。アパートの場所はマンハッタンではなく、ブルックリン。しかも音楽スタジオの地下にある部屋を借りているのだという。

『防音がきいていないばかりか、湿っぽくてかびの臭いがするんですよ。窓は一つだけ。寝室に幅二十センチのが一個あるだけなんです。でも、それがなんか懐かしくて……アカシア園を思い出すんですよ。

僕はまちがっていた。大田原自工が助かって本当に良かった、今はそう思います。ダッサン自動車と一緒になってあなたが大田原自工を必死で救おうとする姿を見てて思ったんです。こういう人が一人でもいてくれたら、僕の両親は死なないですんだかもしれないって。

あなたは言ってましたよね。「摩天楼にもお金にも興味はありません。私は私のやり方で、子どもたちが胸を張れる社会をめざします」って。気づいちゃったんですよ。そうだ、僕も、摩天楼にもお金にも本当は興味なかった、って。

いつか、いい映画が撮れたらお知らせします。大田原自工の郷田社長と一緒に見に来てください』

摩天楼を見下ろすオフィスからかび臭い地下室へ。五島はようやく今、自分自身の居場所を見つけたのかもしれない。


ジョッキが運ばれてくる。

「はい、彩ちゃん、北須賀君、大曲君……あれ、一個多くない？」

北須賀がにやっと笑って美穂からジョッキを受け取る。

「すいません、遅れました」

現れたのは春日だった。

「え……春日、さん？」

大曲が怪訝そうな顔をする。

「そ。自己紹介どうぞ」

涼しい顔で北須賀が振ると、春日が真摯な顔で頭を下げる。

「ここでいつも皆さんが作戦会議してるって聞いて、入れてほしいって頼んだんです」

北須賀が彩を指さしながら言う。

「こいつに情報教えたの、春日さんなんだよ」

「何のために金融庁に入ったのか、香月さんを見てて思い出したんです。この国の金融行政を牛耳りたかったわけじゃない。私は地域の金融機関から地方を、この国をもう一度元気にしたかったんです。その初心を思い出しました。だからご迷惑じゃなかったら……」

「じゃあ、最初の一杯は春日さんのおごりね」

美穂がちゃっかり言ってジョッキを持ち上げる。

「乾杯しましょ」

全員がジョッキを持ち上げる。

「ほら、北須賀君、音頭取ってよ」

「あ、はい……じゃあ、日本の未来に、カン……」

その瞬間、北須賀のスマホが鳴り響いた。

「……なんだよ、もういいところだってのに」

ぶつぶつ言いながらジャケットから取り出す。横からのぞき込んだ大曲の顔色が変わる。

「……閣下だ」

「え？」

春日がわからないという顔をする。

「閣下……下村審議官ですよ」

小声で彩が説明する。

「え？　尖閣に中国軍の落下傘……ですか」

北須賀の深刻な声に、美穂が「うそでしょ〜！」と悲鳴を上げ、全員が立ち上がる。それぞれがかばんを取り上げ、大曲が伝票をレジに持っていく。その迅速な動きに春日は圧倒されている。

「ほら、春日さん、行きますよ！」

「どこに？」

「職場です」

彩が言うと、「まさか、金融危機対応室！」と春日の目の色が変わる。

「はい、そのまさかです！」

とりばんばを出ると、全員が走り出した。

「タクシーは？」

春日が情けない声を出す。

「車つかまえてるより早いです！　置いてきますよ！」

大曲が叫ぶ。

「打ち上げのはずが、やれやれだな」

走りながら、北須賀が彩に言う。

「でもこのチームなら、何とかなる気がします」

彩の声に、北須賀がにやっと笑ってスピードを上げた。

走りながら、霞が関の官庁街を見はるかす。午後九時を過ぎても、まだほとんどの窓に明かりがともっている。この灯がいつまでも人々を照らし続ける希望の光でありますように……心の中で祈りながら、前を行く背中を追った。

本書は書き下ろしです。

参考文献

『経済安全保障 異形の大国、中国を直視せよ』北村滋著　中央公論新社刊
『もう銀行はいらない』上念司著　ダイヤモンド社刊

〈著者紹介〉
水野梓（みずの・あづさ）
東京都出身。早稲田大学第一文学部・オレゴン大学ジャーナリズム学部卒業。報道記者。社会部で警視庁や皇室などを取材。原子力・社会部デスクを経て、中国特派員、国際部デスク。ドキュメンタリー番組のディレクター・プロデューサー、新聞社で医療部、社会保障部、教育部の編集委員、経済部デスク、報道番組のキャスターを歴任。著書に、『蝶の眠る場所』『名もなき子』『彼女たちのいる風景』『グレイの森』がある。

JASRAC 出 2403702-401

金融破綻列島
2024年6月20日　第1刷発行

著　者　水野 梓
発行人　見城 徹
編集人　森下康樹
編集者　壷井 円

発行所　株式会社 幻冬舎
〒151-0051 東京都渋谷区千駄ヶ谷4-9-7
電話：03(5411)6211(編集)
：03(5411)6222(営業)
公式HP：https://www.gentosha.co.jp/

印刷・製本所　図書印刷株式会社

検印廃止

Printed in Japan
ISBN978-4-344-04304-6 C0093

この本に関するご意見・ご感想は、
下記アンケートフォームからお寄せください。
https://www.gentosha.co.jp/e/